文春文庫

小糠雨

新・秋山久蔵御用控（七）

藤井邦夫

文藝春秋

目次

おもな登場人物

秋山久蔵　南町奉行所吟味方与力。〝剃刀久蔵〟と称され、悪人たちに恐れられている。心形刀流の遣い手。普段は温和な人物だが、悪党に対しては情け無用の冷酷さを秘めている。

神崎和馬　南町奉行所定町廻り同心。久蔵の部下。

香織　久蔵の後添え。亡き先妻・雪乃の腹違いの妹。

大助　久蔵の嫡男。元服前で学問所に通う。

小春　久蔵の長女。

与平　親の代からの秋山家の奉公人。女房のお福を亡くし、いまは隠居。

太市　秋山家の奉公人。おふみを嫁にもらう。

おふみ　秋山家の女中。ある事件に巻き込まれた後、九年前から秋山家に奉公するようになる。

幸吉　〝柳橋の親分〟と呼ばれた弥平次の跡を継ぎ、久蔵から手札をもらう岡っ引。

お糸　隠居した弥平次の養女で、幸吉を婿に迎えて船宿『笹舟』の女将となった。息子は平次。

弥平次　女房のおまきとともに、向島の隠居家に暮らす。

勇次　元船頭の下っ引。

雲海坊　幸吉の古くからの朋輩で、手先として働く托鉢坊主。ほかの仲間に、しゃぼん玉売りの由松、蕎麦職人見習いの清吉、風車売りの新八がいる。

長八　弥平次のかつての手先。いまは蕎麦屋『藪十』を営む。

小糠雨

新・秋山久蔵御用控（七）

第一話　賞金首

一

大川に架かる両国橋には多くの人が行き交い、広小路は連なる露店や見世物を楽しむ客で賑わっていた。

両国橋の袂(たもと)には七味唐辛子売りや飴細工(あめざいく)売りなどが並び、その端では雲海坊(うんかいぼう)が経を読んで托鉢(たくはつ)をしていた。

雲海坊は経を読み、古い饅頭笠(まんじゅうがさ)越しに行き交う人々を眺めていた。

様々な者が行き交った。

総髪の中年浪人は、両国橋を下りて来て足早に雲海坊の前を通り過ぎた。

その時、その総髪の中年浪人は、左手で押さえていた右腕の手先から血を滴(したた)らせた。

僅かな血が地面に落ちた。

血……。

雲海坊は、総髪の中年浪人を見た。

総髪の中年浪人は、僅かによろめいた。

怪我をしている……。

雲海坊は眉をひそめた。

総髪の中年浪人は、背後を気にしながら両国稲荷の境内に入って行った。

追われているのか……。

雲海坊は、両国橋を振り返った。

博奕打ち風の男と人相の悪い三人の浪人が、足早に両国橋を下りて来た。そして、険しい面持ちで辺りを見廻して誰かを捜した。

追手……。

総髪の中年浪人は、博奕打ち風の男と三人の浪人に追われている。

雲海坊は読んだ。

博奕打ち風の男と三人の浪人は、短く言葉を交わして散った。

浪人の一人が、雲海坊のいる方にやって来た。

雲海坊は、滴り落ちた血痕を素早く踏んで消した。

「坊主……」

浪人が、雲海坊に近寄って来た。

「拙僧(せっそう)に何か用ですかな……」

雲海坊は、饅頭笠越しに浪人を窺った。

「今、怪我をした中年浪人が通らなかったか……」

「怪我をした中年浪人……」

やはり追手だった……。

雲海坊は訊き返した。

「ああ。見掛けなかったか……」

「さあて、総髪の中年浪人なら両国橋を降りて米沢町の方に行ったと思うが……」

雲海坊は、広小路の雑踏の向こうの米沢町を眺めた。

「米沢町か……」

浪人は念を押した。

「左様……」

雲海坊は頷いた。

浪人は、礼も云わずに米沢町に急いだ。

雲海坊は見送り、錫杖の鐶を鳴らして両国稲荷に急いだ。


両国稲荷は大川と神田川の交わる角にあり、境内には参拝客が訪れていた。

雲海坊は、境内を見廻した。

参拝客は本殿に手を合わせたり、茶店で茶を飲んだりしていた。

境内に総髪の中年浪人の姿は見えなかった。

雲海坊は、地面に血が滴り落ちていないか見廻した。

僅かな血の滴りがあった。

雲海坊は、血の滴りの先を見た。

血の滴りの先には、神輿蔵があった。

神輿蔵の周囲には参拝客もいなく、隠れるのには都合が良い。

雲海坊は睨み、神輿蔵の背後に廻った。

神輿蔵の背後には植込みがあり、軒下に総髪の中年浪人が座り込んでいた。
雲海坊は、中年浪人の様子を窺った。
中年浪人は、神輿蔵の土壁に寄り掛かって気を失っていた。
右腕の手の指先から血が滴り落ち、草や地面を濡らしていた。
早く血を止めなければならない……。
雲海坊は、微かな焦りを覚えた。
「おい。しっかりしろ……」
雲海坊は、中年浪人を揺り起こした。
中年浪人は、気を取り戻して苦しげに呻いた。
「よし……」
雲海坊は、中年浪人を助け起こして肩を貸し、両国稲荷の裏に向かった。

両国稲荷の裏の鳥居を出ると神田川と路地があり、幾つかの町家が軒を連ねていた。
幾つかの町家の外れには蕎麦屋『藪十』があり、神田川に架かる柳橋を渡ると船宿『笹舟』があった。

雲海坊は、意識の朦朧としている中年浪人に肩を貸して蕎麦屋『藪十』に急いだ。

蕎麦屋『藪十』の板場では、清吉が蕎麦を打っていた。

雲海坊は、中年浪人を蕎麦屋『藪十』の勝手口から連れ込んだ。

「邪魔するよ」

雲海坊は声を掛けた。

「雲海坊さん……」

清吉は、蕎麦を打つ手を止めた。

「清吉、長八の親父さんはいるか……」

雲海坊は訊いた。

長八は、岡っ引柳橋一家の先代弥平次の手先を長年勤めた古参であり、今は蕎麦屋『藪十』の主だ。

「はい。溜りに。親父さん、雲海坊さんですぜ……」

〃溜り〃とは休息場であり、板場と店の間にある三畳程の板の間だ。

「おう。どうした雲海坊……」

長八が、溜りから顔を出した。

「親父さん、怪我人だ……」

雲海坊は、意識の朦朧としている中年浪人を溜りに連れて行って座らせた。

「怪我人。清吉、暖簾を仕舞って酒を持って来な……」

「はい……」

清吉は身軽に動いた。

長八は、戸棚から晒しや塗り薬を取り出した。

雲海坊は、中年浪人の右肩の着物を脱がせた。

粗末な着物は血に濡れ、刀で斬られた痩せた右肩の傷から血が流れていた。

「先ずは血止めだな……」

長八は眉をひそめた。

「ええ……」

雲海坊は頷き、清吉の持って来た酒で中年浪人の右肩の傷口を洗った。

中年浪人は、朦朧とした意識で呻いた。

傷口を洗っても血は滲み出し続けた。

長八は、傷口に血止めの薬を塗り、油紙を当てて晒しを固く巻いた。

「此奴で血が止まると良いのだが。清吉、良庵(りょうあん)先生を呼んで来てくれ」

長八は命じた。

「合点です」

清吉は、素早く店から走り出て行った。

中年浪人は、再び意識を失っていた。

長八と雲海坊は、血に汚れた手を洗った。

「で、どう云う事だい……」

長八は、茶を淹(い)れ始めた。

「両国橋を渡って来ましてね……」

雲海坊は、意識を失っている中年浪人を見た。

中年浪人は、髷(まげ)を歪(ゆが)めて荒い息を鳴らしていた。

「じゃあ、本所で斬られたのかな……」

長八は読み、雲海坊に茶を差し出した。

「きっと。で、博奕打ちのような野郎と人相の悪い浪人が三人、追って来ましたよ」

雲海坊は茶を啜(すす)った。

「で……」

長八は、話の先を促した。

「此の浪人は両国稲荷に逃げ込んだんですがね。追手の浪人には米沢町に行ったと云ってやりましたよ……」

雲海坊は告げた。

「追手の浪人たち、かなり人相が良くなかったようだな」

長八は、笑みを浮かべて読んだ。

「そりゃあもう。同じ浪人でも月と鼈(すっぽん)ですよ」

雲海坊は苦笑した。


総髪の中年浪人は、清吉が呼んで来た町医者桂木(かつらぎ)良庵の手当てを受けて辛(かろ)うじて命を取り留めた。

雲海坊は、中年浪人の持っている物を検(あらた)めて名と素性を突き止めようとした。

塗りの剝(は)げた鞘(さや)の大小の刀、小銭の入った財布、古びた手拭。そして、折り畳んだ似顔絵などがあるだけで、名や素性を示す物はなかった。

雲海坊は、折り畳んだ似顔絵を開いて見詰めた。

似顔絵は、目鼻立ちのすっきりとした二枚目の若い男の顔が描かれたものであり、下に〝金十両〟と書かれていた。

見覚えのある面だ……。

雲海坊は、描かれている二枚目の若い男の顔に見覚えがあるような気がした。だが、気がするだけで、何処の誰か思い出せはしなかった。

誰かに訊いてみるか……。

雲海坊は、似顔絵を折り畳んで懐に入れた。

中年浪人は、動かせる状態ではなかった。

長八は、取り敢えず中年浪人を蕎麦屋『藪十』で預かる事にした。

船宿『笹舟』は暖簾を揺らしていた。

雲海坊は、蕎麦屋『藪十』を出て神田川に架かっている柳橋を渡り、船宿『笹舟』の暖簾を潜った。

「あら、雲海坊さん……」

女将（おかみ）のお糸（いと）が帳場で迎えた。

「やあ、女将さん、親分、いるかい……」

雲海坊は尋ねた。

「ええ。丁度、秋山さまもお見えですよ……」

お糸は微笑んだ。


二階の座敷の窓からは、様々な船の行き交う大川が眺められた。

岡っ引の幸吉は、訪れた南町奉行所吟味方与力の秋山久蔵と酒を飲んでいた。

「お前さん、雲海坊さんがお見えですよ」

お糸は、新しい膳と徳利を持って座敷に入って来た。

「おう。雲海坊、入りな……」

岡っ引の柳橋の幸吉は告げた。

「御免なすって……」

雲海坊が入って来た。

「やあ。雲海坊、変わりはないようだな」

「はい。秋山久蔵は、笑顔で雲海坊を迎えた。

「はい。秋山さまもお変わりなく……」

「ああ……」

　久蔵は頷いた。

「さあ、雲海坊さん……」

　お糸は、幸吉の隣りに雲海坊の膳を置いて座を作った。

「忝ねえ……」

　雲海坊は、幸吉の隣りに座った。

　幸吉は、雲海坊に酌をした。

「戴きます」

　雲海坊は酒を飲んだ。

「何かあったのかい……」

　幸吉は、雲海坊に尋ねた。

「ええ。此の面に見覚えありませんか……」

　雲海坊は、二枚目の若い男の似顔絵を出して見せた。

　久蔵と幸吉は、似顔絵を覗き込んだ。

「さあて、此の二枚目、何処かで見たような気のする面だが……」

　幸吉は眉をひそめた。

「うむ……」

久蔵は頷いた。

「やっぱり……」

「で、雲海坊、この顔の下に書かれている金十両とはなんだい……」

幸吉は尋ねた。

「さあ……」

雲海坊は眉をひそめた。

「雲海坊、此の似顔絵の出処、聞かせて貰おうか……」

久蔵は、手酌で酒を飲みながら促した。

「はい……」

雲海坊は、猪口の酒を飲み干した。そして、総髪の中年浪人を助け、蕎麦屋『藪十』に担ぎ込んだ事を報せた。

「博奕打ちと人相の悪い浪人どもに追われていた中年浪人か……」

久蔵は眉をひそめた。

「はい。中年浪人、着物も質素で持っていた金も僅かでしてね……」

「そうか。して、その中年浪人、右肩を斬られていたのだな……」

「ええ……」

「斬ったのは、追手の博奕打ちと三人の浪人共か……」

久蔵は読んだ。

「きっと……」

雲海坊は頷いた。

「して、その中年浪人が此の似顔絵を持っていたのか……」

「はい……」

雲海坊は頷いた。

「成る程……」

久蔵は苦笑した。

「秋山さま、何か……」

幸吉と雲海坊は、久蔵が何かに気が付いたのを知った。

「うむ。どうやらその似顔絵の二枚目、何者かに賞金を懸けられているようだな」

久蔵は睨んだ。

「賞金……」

幸吉と雲海坊は、思わず似顔絵を見直した。

「うむ。賞金は金十両……」

久蔵は、似顔絵の下に書かれている金十両の文字を示した。

「じゃあ、此の似顔絵は賞金首の人相書ですか……」

雲海坊は訊いた。

「ああ。何処の誰が作った人相書かは分からねえが、此の二枚目の若い野郎の命を奪うか、捕まえて来れば、十両の賞金を貰えるって寸法だろうな」

久蔵は、若い男の似顔絵と金十両の文字の意味を読んだ。

「成る程、賞金首ですか……」

「じゃあ秋山さま、中年浪人は此の似顔絵の若い男を見付けたので斬られたんですかね」

雲海坊は身を乗り出した。

「ああ。かもしれねえな……」

久蔵は頷いた。

「じゃあ、中年浪人を追っていた博奕打ちと三人の浪人は、此の似顔絵の二枚目野郎の仲間ですか……」

幸吉は読んだ。

「おそらくな。とにかく柳橋の、此の似顔絵の二枚目の若い野郎が何処の誰か調べ、居所を突き止めるんだな……」

「はい……」

「雲海坊、お前と長八は、斬られた中年浪人の名と素性。それに何故、二枚目の若い野郎を捜しているのか……」

「承知しました。長八さんに伝えます」

雲海坊は頷いた。

「秋山さま、中年浪人が二枚目の若い野郎を捜すのは、十両の賞金が目当てでは……」

幸吉は、戸惑いを浮かべた。

「柳橋の、俺はそれだけじゃあねえような気がするぜ……」

久蔵は、小さな笑みを浮かべた。

岡っ引の柳橋の幸吉は、下っ引の勇次、由松、新八に二枚目の若い男が何処の誰か突き止めるように命じた。

勇次は、似顔絵の写しを作り、手分けして聞き込みを始めた。

所詮、賞金を懸けられて追われている男であり、真っ当な者ではない。

勇次、由松、新八は、遊び人、地廻り、博奕打ちたちを当った。


中年浪人は熱も下がり、随分と落ち着いたようだった。

「じゃあ長八さん、先ずは名前と素性を訊いてみますか……」

雲海坊は、長八を誘った。

「ああ……」

長八は、笑みを浮かべて頷いた。


蕎麦屋『藪十』の奥の小部屋には、薬湯の臭いが満ちていた。

中年浪人は、ぼんやりと蒲団に横たわっていた。

「やあ。大分良いようですね、具合……」

雲海坊は、長八と共に小部屋に入って来て中年浪人に笑い掛けた。

中年浪人は、怪訝な眼差しで雲海坊を見詰めた。

「お前さんは覚えちゃあいないだろうが、こちらのお坊さまが、両国稲荷の神輿蔵の裏で気を失っていたお前さんを助けて、此処に担ぎ込んでくれたんだぜ……」

長八は、中年浪人に教えた。

「そうでしたか、お坊さまが。お陰で助かりました。礼を申します……」

中年浪人は、頭を下げようとして激痛に顔を歪めた。

「無理は禁物。さあ、横になるが良い……」

雲海坊は、中年浪人を蒲団に寝かせた。

中年浪人は、痛みに耐えるかのように息を整えた。

「拙僧は雲海。おぬし、名は何と申される」

雲海坊は尋ねた。

「わ、私は高杉弥十郎（たかすぎやじゅうろう）……」

中年浪人は名乗った。

「そうか、高杉弥十郎さんか。して、誰にどうして斬られたのかな……」

雲海坊は笑い掛けた。

「そ、それは……」

高杉弥十郎は、言葉を濁した。

「高杉さん、あっしは此の蕎麦屋の主で長八と云う者だ。博奕打ちや人相の悪い浪人がお前さんを捜している。奴らかい、お前さんを斬ったのは……」

長八は、高杉を見詰めた。

「あ、ああ……」

高杉は、顔を顰めて頷いた。

「奴らは何処の誰だい……」

長八は訊いた。

「本所は回向院裏の剣術道場の奴らだ」

「回向院裏の剣術道場……」

雲海坊は眉をひそめた。

「ああ……」

高杉は頷いた。

「では、此は何処の誰かな……」

雲海坊は、似顔絵を出して見せた。

高杉は狼狽えた。

「おぬしが持っていた絵だが、何処の誰だ」

雲海坊は、高杉を見据えて尋ねた。

「そ、それは……」

高杉は苦しげに顔を歪め、脂汗を滲ませた。

「高杉さん、少し休んだ方が良いぜ……」

長八は、雲海坊に目配せをした。

雲海坊は頷き、微笑んだ。

二

盛り場は賑わっていた。

勇次、由松、新八は、手分けして両国広小路、下谷広小路、浅草広小路などの盛り場に赴き、土地の地廻りや遊び人に二枚目の若い男の似顔絵を見せて歩いた。

だが、似顔絵の若い男を見知っている者は容易に見付からなかった。

湯島天神の境内は参拝客で賑わっていた。

由松は、参道に店を連ねている露天商仲間に似顔絵を見せて歩いた。

「あっ、見た事あるな……」

羅宇屋の平吉が眉をひそめた。

〝羅宇〟とは煙管の火皿と吸口を繋ぐ竹の管であり、〝羅宇屋〟とはその掃除や取り替えるのを生業としていた。

「平吉の父っつあん、見覚えあるのかい……」

「ああ……」

平吉は頷いた。

「何処の誰だ……」

「さあ。そいつは分からねえが、地廻りの千吉と一緒にいたよ」

平吉は告げた。

「地廻りの千吉……」

地廻り明神一家の千吉は、由松も知っていた。

「ああ……」

「よし。邪魔したな。平吉の父っつあん……」

由松は、羅宇屋の平吉に礼を云って地廻りの明神一家に急いだ。

地廻り明神一家は、昌平橋と不忍池を結ぶ明神下の通りにあった。

「邪魔するぜ……」

由松は、明神一家を訪れた。

「こりゃあ由松さん……」

土間にいた三下が、由松を迎えた。

明神一家の地廻りたちは、由松が岡っ引の柳橋の幸吉の身内だと知っている。

「おう。千吉、いるかい……」

由松は尋ねた。

「へ、へい……」

三下は頷いた。

「呼んで貰おうか……」

「へい。ちょいとお待ち下さい……」

三下は、框(かまち)を上がり、廊下の奥に入って行った。

由松は、框に腰掛けて千吉の来るのを待った。

僅かな刻(とき)が過ぎ、廊下の奥から地廻りの千吉と三下が出て来た。

「こりゃあ、由松さん……」

「やあ、千吉。すまねえが、ちょいと見て貰いたい物があってな……」

「見て貰いたい物。何ですかい……」

千吉は、戸惑った面持ちで土間に降りた。

「此奴を知っているな……」

由松は、似顔絵を見せた。

「ああ。此奴は長次郎ですね……」

千吉は、似顔絵を見詰めた。

「長次郎……」

由松は眉をひそめた。

「ええ。瓜二つ。良く似ていますよ……」

千吉は感心した。

「長次郎、どんな野郎だ……」

「どんなって、見ての通りの二枚目でね。女誑しのすけこまし、って奴ですぜ」

千吉は苦笑した。

「女誑しのすけこまし……」

「ええ。何も知らない田舎の若い女を言葉巧みに江戸に連れ出し、女衒に売り飛ばすって悪辣な野郎ですぜ」

千吉は、吐き棄てた。

「そんな野郎なのか……」

似顔絵に描かれた二枚目の若い男は、長次郎と云う女誑し、すけこましだった。

由松は知った。

「ええ。長次郎の野郎、又若い女を誑かして売り飛ばしたんですかい……」

千吉は眉をひそめた。

「いや。その辺は未だ良く分からねえんだが。千吉、長次郎の住処は何処だ……」

「さあ、確か本所の方だって聞いた覚えがあるけど……」

千吉は首を捻った。

「本所の方か……」

由松は、雲海坊が助けた中年浪人が本所の方から両国橋を渡って来たのを思い出した。

両国橋は大川に架かり、本所と両国広小路を結んでいる。

似顔絵に描かれた二枚目の若い男、長次郎が本所にいるのは間違いない……。

由松は睨んだ。

岡っ引の柳橋の幸吉は、船宿『笹舟』に勇次や新八を呼び戻した。

船宿『笹舟』の居間には、親分の幸吉が雲海坊や由松と一緒にいた。

「親分、似顔絵の野郎、何処の誰か分かったんですか……」

勇次は尋ねた。

「うむ。由松……」

幸吉は、由松を促した。

「似顔絵の野郎の名は長次郎、女誑しのすけこましでな。田舎の若い女を誑かして江戸に連れて来ては、女衒に売り飛ばす外道で、本所の方にいるらしい……」

由松は告げた。

「女誑しの長次郎、本所ですか……」

勇次は眉をひそめた。

「ああ……」

由松は頷いた。

「それで、雲海坊が助けた中年の浪人、高杉弥十郎って名前だった」

「高杉弥十郎……」

「ああ。で、本所は回向院裏の剣術道場に屯(たむろ)している浪人共に斬られたそうだ……」

雲海坊は報せた。

「じゃあ本所ですかい……」

勇次は、次に探索する処を読んだ。

「ああ。雲海坊は、引き続き高杉弥十郎が何をするつもりなのかを探ってくれ。勇次と新八は由松と一緒に本所を頼むぜ」

「はい……」

勇次と新八は頷いた。

「俺は分かった事を秋山さまにお報せする」

幸吉は、手筈を決めた。


由松、勇次、新八は本所に向かった。

雲海坊は、両国橋を渡る由松、勇次、新八を見送り、蕎麦屋『藪十』の暖簾を潜った。

「いらっしゃいませ……」

清吉が迎えた。

「高杉さん、変わりはないかい……」

雲海坊は奥を示した。

「ええ。でも、怪我の具合も大分良くなっているようです」

清吉は、小声で報せた。

「そうか。ま、こっそり逃げ出すような事があれば、何処に行くか秘かに追うんだぜ」

「承知、任せて下さい」

清吉は、張り切って頷いた。


「やあ、どうかな具合は……」

雲海坊は、高杉弥十郎の寝ている部屋に入った。

「此は雲海さま……」

高杉は、蒲団の上に身を起こした。

「やあ。そのまま、そのまま……」

「いえ。お陰さまで、大分楽になりました」

「そいつは良かった。それで高杉さん、あの似顔絵の二枚目の若い男だが……」

雲海坊は笑みを浮かべた。

「は、はい……」

高杉は、雲海坊を見詰めた。

「名前は長次郎、質(たち)の悪い女誑しらしいね」

雲海坊は、高杉を見据えた。

「えっ……」

高杉は、戸惑いを浮かべた。

「で、住まいは本所。高杉さんは、長次郎を捜して本所に行き、浪人共に斬られた。そうですな……」

雲海坊は笑い掛けた。

「雲海さま……」

高杉は、微かな困惑を滲ませた。

本所回向院には墓参りの人々が訪れ、線香の香りが漂っていた。

勇次と新八は、回向院裏松坂町の自身番を訪れた。そして、剣術道場があるかどうか尋ねた。

「ああ、剣術道場なら回向院裏の南の外れにあるよ」

店番(たなばん)は頷いた。

「何て剣術道場ですか……」

勇次は尋ねた。

「一刀流の大河原(おおがわら)道場だよ」

「大河原道場……」

「ええ。道場主の大河原左門(さもん)さんが二年前に卒中で倒れて寝込んでしまってね。以来、剣術道場なのか浪人や博奕打ちの溜り場なのか、分からなくなっているよ」

店番は眉をひそめた。

「そうですか……」

良くある話だ……。

勇次は頷いた。

「処でその道場に此奴はいますかね……」

新八は、長次郎の似顔絵を見せた。

「さあ、此奴がいるかどうかは……」

店番は、首を横に振った。

「分かりませんか……」

新八は眉をひそめた。

「大河原道場の浪人がどうかしたのかい……」

店番は、勇次と新八を見詰めた。

「そいつは未だ……」

勇次は、言葉を濁した。

「だったら、余り余計な真似はしない方が良いかもしれない……」

店番は告げた。

家主と番人は、傍らで怯えたような面持ちで頷いた。

「そうですか……」

勇次は苦笑した。

「ああ。此の野郎なら見掛けた事があるぜ」

木戸番は、似顔絵を見て頷いた。

「何処で見掛けたのかな……」

由松は訊いた。

「町外れの剣術道場に出入りしているよ」

木戸番は、長次郎を見掛けていた。

「剣術道場……」

「ああ。一刀流の大河原道場と云ってね。道場主が病で寝込んで以来、浪人や博奕打ちの溜り場になっていて、金を貰ってお尋ね者や凶状持ち、追われている者共を匿ったりしているんだぜ……」

木戸番は、腹立たしげに告げた。

その話が本当なら、大河原道場は金で咎人や悪党を匿う法度を無視した闇の存在なのだ。

「町役人、どうしてお上に訴えないのかな……」

由松は眉をひそめた。

「お上が後々まで護ってくれるとは限らないからね……」

木戸番は苦笑した。

「お礼参りが怖いか……」

由松は読んだ。

「ええ……」

木戸番は頷いた。

「由松さん……」

勇次と新八が、自身番からやって来た。

「一刀流の大河原道場か……」

「ええ。回向院裏の南の外れだそうですぜ」

勇次と新八は、町外れを示した。


南町奉行所の中庭には、木洩れ日が揺れていた。

久蔵は、用部屋で幸吉の報告を聞いた。

「じゃあ何か、浪人の高杉弥十郎は、女誑しの長次郎って野郎を捜して本所に行き、回向院裏の剣術道場の者に斬られたか……」

久蔵は読んだ。

「おそらく……」

幸吉は頷いた。

「して幸吉、気になるのは、長次郎の賞金付き似顔絵を作った者だ……」

久蔵は眉をひそめた。

「はい……」

「賞金付きの似顔絵を作ったのは、それだけ恨みが深いって事だが、果たしてどんな恨みなのか……」

久蔵は、想いを巡らせた。

「恨みの因ですか……」

幸吉は読んだ。

「ああ。そいつが何かだ……」

久蔵は、冷ややかな笑みを浮かべた。


本所竪川（たてかわ）の流れは緩やかだった。

一刀流の大河原道場は、本所回向院裏の南の外れにあった。

「此処ですね……」

新八は、古い剣術道場を眺めた。

古い剣術道場には、『一刀流、大河原道場』の文字の薄れた看板が掲げられていた。

勇次、新八、由松は、大河原道場を窺った。

大河原道場からは、気合いも木刀を打ち合う音も聞こえなかった。その代わり、男たちの下卑た馬鹿笑いが洩れていた。

由松は苦笑した。

「さあて、長次郎の奴がいるかどうか……」

勇次は、大河原道場を見渡した。

大河原道場は古く、庭や植木の手入れなどはされていなかった。

「だけど、下手に覗いたり、探りを入れるのは、面倒を起こすだけかもしれませんね」

勇次は眉をひそめた。

「ああ……」

由松は頷いた。

「じゃあ、先ずは見張ってみますか……」

新八は、辺りを見廻した。

大河原道場の斜向いに小さな煙草屋があり、老婆が居眠りをしながら店番をしていた。

「見張り場所はあそこですかね」

新八は、小さな煙草屋を示した。

「由松さん……」

勇次は、由松の意見を求めた。

「うん……」

由松は頷いた。

「よし。新八、婆さんと話をつけてきな」

「承知……」

新八は頷き、小さな煙草屋に走った。

「お尋ね者や凶状持ち、追われている者を匿っている剣術道場か……」

由松は、厳しい顔で大河原道場を見詰めた。

「道場の浪人共、長次郎に懸けられた賞金は狙わないんですかね」

勇次は首を捻った。

「賞金の十両より、匿う方が儲かるんだろう」

由松は苦笑した。

「そうか……」

勇次は気が付いた。

「とにかく、長次郎が出入りしているかどうか、近所に聞き込みを掛けてみるぜ」

由松は、小走りに立ち去った。

「勇次の兄貴……」

新八が戻って来た。

「どうだった……」

「店番をしてくれるなら良いそうですよ」

新八は笑った。

「そいつはありがてえ……」

勇次と新八は、小さな煙草屋に向かった。

大河原道場からは、浪人たちの馬鹿笑いが賑やかに響いた。

「長次郎を賞金首にする程の恨みですか……」

雲海坊は眉をひそめた。

「ああ。秋山さまはそいつが気になるとな」

幸吉は告げた。

「じゃあ、此の長次郎の似顔絵を作ったのが誰か、高杉さんに訊いてみますか……」

「うん。そうしてみてくれ……」

幸吉は頷いた。


高杉弥十郎は、眼の前に置かれた長次郎の似顔絵を見詰めた。

「此の長次郎の似顔絵、何処の誰が作ったのか知っているかな……」

雲海坊は、高杉を見詰めた。

「さあ……」

高杉は、首を横に振った。

「ならば、何処から手に入れたのかな……」

雲海坊は笑い掛けた。

「それは、長次郎に誑かされ、女郎に身を落として死んだ娘の父親から貰った……」

高杉は、吐息混じりに告げた。

「ほう。長次郎に誑かされて女郎に身を落として死んだ娘の父親ですか……」

雲海坊は、微かな戸惑いを覚えた。

「如何にも……」

「その父親とは……」

「八王子にいる御方だ……」

「名は……」

「申せませぬ……」

高杉は、厳しい面持ちで口を噤んだ。

長次郎の似顔絵を作り、十両の賞金を懸けたのは、騙されて女郎にされ、死んで逝った娘の父親なのかもしれない……。

雲海坊は読んだ。

高杉は、それを隠す為、直に貰わなかった態を装ったのかもしれない。

「そうか。して、高杉さんは長次郎を捜し出してどうするつもりなのかな……」

雲海坊は尋ねた。

「斬り棄てて賞金の十両を貰うつもりだ」

高杉は云い切った。

「ならば高杉さんは、賞金稼ぎなのかな……」

「えっ、ええ……」

高杉は、戸惑い気味に頷いた。

とても賞金稼ぎには見えない……。

雲海坊は苦笑した。

ひょっとしたら高杉弥十郎は……。

雲海坊は眉をひそめた。


本所松坂町の外れの小さな煙草屋は、煙草を買いに来る客も少なく暇だった。

新八は、婆さんに代わって店番をしていた。

「やあ、国分を一袋、貰おうか……」

勇次が、聞き込みから戻って来た。

「はい。国分ですかい……」

新八は、勇次に国分の小袋を渡し、代金を貰った。

「縁台を借りるぜ……」

勇次は、店先の縁台に腰掛けた。

「出涸しです……」

新八が、勇次に茶を淹れて差し出した。

「すまない。戴くぜ……」

勇次は茶を啜った。

「出入りするのは浪人と博奕打ち共、今の処、長次郎はいませんね」

新八は、大河原道場を眺めた。

「そうか。それにしても評判の悪い剣術道場だぜ……」

勇次は眉をひそめた。

「おう。御苦労さん……」

由松がやって来て勇次の隣りに腰掛け、煙草入れから煙管を出し、煙草盆を引き寄せた。

「由松さん、国分です……」

勇次は、買った国分の小袋を差し出した。

「此奴は良い。戴くよ」

「どうぞ……」

「勇次、大河原道場の事は親分と秋山さまに早く報せた方が良いな……」

由松は、国分の刻み煙草を火皿に詰め、火を付けて燻(くゆ)らせた。

「秋山さまに……」

「ああ……」

紫煙が揺れて立ち昇った。

三

奥の小部屋には、店から出汁(だし)の美味(うま)そうな香りが漂って来た。

高杉弥十郎は、寝間着を脱いで薄汚い己の着物と袴(はかま)に着替えた。

右肩の傷は未だ痛むが、動くのに支障はない……。

高杉は、小銭の入った財布や古い手拭を懐に入れ、塗りの剝げた鞘の大小を腰に差した。そして、廊下に出て店を窺った。

店では、主の長八が客の相手をしていた。

高杉は、廊下を挟んである座敷に入った。

座敷の障子と雨戸が開け放たれ、狭い庭が見えた。

高杉は、敷石に脱いであった庭下駄を履いて裏木戸に向かった。

清吉が物陰から現れ、笑みを浮かべて高杉を追った。

蕎麦屋『藪十』を脱け出した高杉弥十郎は、両国稲荷との間の路地を抜けて浅草御門に向かった。

清吉は尾行(つけ)た。

「やっぱり脱け出したな……」

雲海坊が現れた。

「ええ。雲海坊さんの睨み通りですよ」

清吉は、浅草御門に入って行く高杉を追いながら笑った。

「ああ。さあて、何処に行くのか……」

神田川に架かっている浅草御門を渡ると蔵前の通りになり、浅草広小路に続いている。

雲海坊と清吉は、慎重に高杉を追った。

柳橋の幸吉は、勇次を連れて南町奉行所の秋山久蔵の許に急いだ。

「回向院裏にある一刀流の大河原道場か……」

久蔵は眉をひそめた。

「はい。お尋ね者や凶状持ち、それに追われている者を金で匿っているそうです」

勇次は告げた。

「洒落た真似をしやがって……」

久蔵は、冷笑を浮かべた。

「それから秋山さま、雲海坊の話では長次郎に賞金を懸け、似顔絵を作ったのは、長次郎に誑かされ、女郎屋に売られて死んだ娘の父親かもしれません」

幸吉は告げた。

「その父親、何処にいるのだ」

「八王子かと……」

「八王子か……」

「はい」

「和馬、聞いての通りだ。八王子に走り、ちょいと調べて来てくれ」

久蔵は、控えていた定町廻り同心の神崎和馬に命じた。

「心得ました。では……」

和馬は、用部屋から立ち去った。

「よし。じゃあ勇次、本所の大河原道場に案内して貰おうか……」

久蔵は、楽しそうな笑みを浮かべた。


蔵前の通りを北に進めば浅草広小路に出る。

高杉弥十郎は、浅草広小路を横切って隅田川沿いの花川戸町に進んだ。

清吉は尾行し、離れて雲海坊が続いた。

高杉弥十郎は、花川戸町から山之宿、金龍山下瓦町を抜け、山谷堀を渡って今戸町に入った。

何処迄行くのだ……。

清吉は追った。


高杉は、寺の連なる通りに進んだ。

寺の連なる通りに人気は少なく、僧侶の読む経が聞こえた。

高杉は進み、一軒の寺の前に佇んで周囲を見廻した。

清吉は、素早く物陰に隠れた。

高杉は、不審な者が追って来ないと見定めて山門を潜った。

清吉は、山門に駆け寄って境内を窺った。

高杉は、狭い境内に建っている本堂の裏手に廻って行った。

清吉は見届けた。

「此処に入ったか……」

雲海坊が追って来た。

「はい……」

清吉は頷いた。

「正慶寺か……」

雲海坊は、山門に掲げられた扁額の薄れた文字を読んだ。

「本堂の裏に行きましたよ」

清吉は告げた。

「本堂の裏か……」

雲海坊は、山門の陰から境内を覗いた。

「はい」

「おそらく本堂の裏に家作があるんだろう」

雲海坊は読んだ。

「家作ですか……」

「ああ。そこが高杉の塒だろう……」

雲海坊と清吉は、高杉弥十郎の塒を見定めた。


本所竪川の流れには、荷船の船頭の唄う歌が響いていた。

久蔵は、勇次に誘われて竪川沿いの道を進み、一つ目之橋の北詰を抜けて松坂町に曲がった。

「あそこです……」

勇次は、通りの先に見える大河原道場を示した。

「うむ……」

久蔵は、目深に被っていた塗笠をあげて大河原道場を眺めた。

「で、斜向いにある煙草屋が見張り場所です」

勇次は、大河原道場の斜向いにある小さな煙草屋に久蔵を誘った。

「これは秋山さま……」

小さな煙草屋から新八が現れ、久蔵を迎えた。

「おう。御苦労だな……」

久蔵は、小さな煙草屋の店先の縁台に腰掛けた。

「で、どうだ、長次郎は現れたか……」

勇次は訊いた。

「いえ……」

新八は、茶を淹れながら首を横に振った。

「そうか、現れないか……」

勇次は、大河原道場を眺めた。

「ええ。どうぞ……」

新八は、久蔵と勇次に茶を差し出した。

「おう。すまねえな……」

久蔵は茶を飲んだ。

「で、由松さんはどうした」

「さっき、派手な半纏を着た博奕打ち風の野郎が出掛けて行きましてね。由松さん、見覚えがある面だと云って追って行きました」

新八は告げた。

「見覚えのある野郎……」

勇次は眉をひそめた。

「ええ……」

「して新八、その博奕打ち風の野郎と由松はどっちに行ったんだ」

久蔵は尋ねた。

「御竹蔵の方です……」

新八は、御竹蔵のある北の方を示した。

「御竹蔵か……」

御竹蔵は公儀の材木蔵であり、大川との間には小大名家の下屋敷が甍(いらか)を連ねていた。

久蔵は苦笑した。

「秋山さま、何か……」

勇次は、久蔵の苦笑が気になった。

「ひょっとしたら、賭場に行ったのかもしれねえな……」

久蔵は読んだ。

「賭場ですか……」

「ああ。御竹蔵の前に連なる大名家下屋敷の何処かにあるんだろうぜ」

久蔵は、大名家の下屋敷に賭場があり、博奕打ち風の男が行ったと睨んだ。

「成る程……」

「よし。ちょいと行ってみるか……」

久蔵は、縁台から立ち上がった。

夕陽が沈み始めた。

大河原道場は夕陽を背に受け、黒い影になり始めていた。


大川を行き交う船は、流れに明かりを輝かせていた。

公儀御竹蔵と大川の間には、蝦夷地(えぞち)松前藩や肥前(ひぜん)国平戸新田藩などの小大名の江戸屋敷が連なり、行き交う人も少なかった。

大名家江戸下屋敷は、留守居番の家来も奉公人も少ない。質の悪い家来や中間(ちゅうげん)の中には、博奕打ちの貸元から寺銭を貰って空いている長屋を賭場に貸している者もいた。

博奕打ち風の男はそうした賭場に行き、由松は追った……。

久蔵はそう読み、大川と連なる大名家下屋敷の間の道を進んだ。

提灯の明かりが行く手に揺れた。

久蔵は、足取りを速めた。

提灯の明かりは、遊び人がお店の旦那の足元を照らすものだった。

遊び人と旦那は、大名家江戸下屋敷の横手の路地に入って行った。

久蔵は見送った。

路地の先には、大名家江戸下屋敷の裏門がある。そして、裏門を潜り、賭場になっている中間長屋の空き部屋に行く……。

久蔵は読んだ。

「秋山さま……」

男の探るような声がした。

「由松かい……」

久蔵は、目深に被った塗笠をあげて声のした闇を窺った。

「はい……」

由松が闇から現れた。

「御苦労だな……」

「やっぱり秋山さまでしたか……」

「ああ。お前が博奕打ち風の野郎を追ったと聞き、近くに賭場はねえかとな……」

「そうでしたか……」

由松は笑った。

「此処かい、賭場は……」

久蔵は、遊び人と旦那の入って行った大名家江戸下屋敷を示した。

「はい。若狭国大崎藩の江戸下屋敷です」

由松は告げた。

賭場が開かれているのは、若狭国大崎藩の江戸下屋敷だった。

「若狭国大崎藩か。して、見覚えのある面の博奕打ちってのは……」

「柴又の定吉って奴でしてね。博奕打ち同士の揉め事で追われているって噂でしたが、どうやら本当だったようです」

由松は苦笑した。

「そうか。で……」

「大河原道場に賞金首の長次郎がいるかどうか訊いてみますよ」

「よし、手伝うぜ……」

久蔵は笑った。

今戸町の正慶寺の本堂の裏には、睨み通り小さな家作があった。

雲海坊は、清吉に家作にいる高杉弥十郎を見張らせ、周辺の寺の寺男や小坊主などに聞き込みを掛けて来た。

「どうだ……」

雲海坊は、物陰から見張っている清吉の許に戻った。

「高杉さん、今夜はもう動かないかもしれませんね」

清吉は読んだ。

「うん……」

雲海坊は頷いた。

「で、何か分かりましたか……」

「ああ。高杉は二ヶ月程前から正慶寺の家作を借りているそうだ」

「何処から来たんですか……」

「八王子から出て来たそうだ」

「八王子、長次郎捜しですね……」

「そいつが、どうもそれだけじゃあないようなんだな……」

雲海坊は首を捻った。

「それだけじゃあないって、他に何か……」

清吉は、戸惑いを浮かべた。

「高杉は、長次郎の他に若い女も捜しているようだ」

「若い女ですか……」

清吉は眉をひそめた。

「うん……」

雲海坊は頷いた。

「雲海坊さん、ひょっとしたらその若い女も長次郎に誑かされて売り飛ばされたんじゃあ」

清吉は睨んだ。

「うむ、かもしれない。で、高杉とどんな拘り（かかわ）があるのかだ……」

雲海坊は眉をひそめた。

「ええ……」

「よし。見張りを代わる。腹拵えをして一息入れてくるが良い……」

「はい。じゃあ……」

清吉は、身軽に立ち去った。

「さあて……」

雲海坊は、月明かりを浴びている正慶寺を眺めた。


大川を行き交う船の明かりは減った。

久蔵と由松は、若狭国大崎藩江戸下屋敷の賭場を見張り続けた。

派手な半纏を着た男が、大崎藩江戸下屋敷の裏門に続く路地から出て来た。

「由松……」

久蔵は、派手な半纏を着た男を示した。

「ええ。柴又の定吉です……」

由松は、喉を鳴らして頷いた。

博奕打ちの定吉は、博奕に勝ったのか鼻歌混じりに来た道を戻り始めた。

「行くよ……」

久蔵と由松は、定吉を追った。

回向院は、闇と静けさに覆われていた。

定吉は、回向院の土塀沿いの道を松坂町に進んだ。

行く手に由松が現れた。

定吉は立ち止まり、警戒を露わにした。

「柴又の定吉……」

久蔵が、背後から不意に声を掛けた。

定吉は驚き、振り返った。

刹那、久蔵は定吉の鳩尾(みぞおち)に拳を叩き込んだ。

定吉は白目を剝(む)き、気を失って倒れた。

由松が駆け寄って来た。

「よし、回向院の墓地に運び込む……」

久蔵と由松は、定吉を回向院の墓地に担ぎ込んだ。

回向院の墓地には、埋められた棺桶(かんおけ)と仏が腐り果てて陥没している処があった。

久蔵は、気を失っている定吉を後ろ手に縛りあげた。

由松が、手桶に水を汲んで来て定吉の顔に浴びせた。

定吉は気を取り戻し、縛られているのに気が付いて踠(もが)いた。

「無駄な真似だ……」

久蔵は笑った。

「お、お前……」

定吉は、久蔵と由松に気が付いた。

「定吉、大河原道場に女誑しの長次郎が隠れているのか……」

由松は尋ねた。

「し、知らねえ……」

定吉は惚(とぼ)けた。

「定吉、お前が博奕打ち同士の揉め事で追われ、大河原道場に隠れているのは分かっているんだ。何だったら揉めている博奕打ちに引き渡しても良いんだぜ」

由松は脅した。

「出来るもんならやってみやがれ……」

定吉は開き直った。

「そうか。じゃあ、そうさせて貰うか……」

久蔵は笑い掛けた。

「何だ。手前……」

「俺か、俺は南町奉行所の秋山久蔵って者だ」

久蔵は、定吉を冷たく見据えた。

「か、剃刀久蔵……」

定吉は、久蔵の異名を知っており、怯えを露わにした。

「定吉、博奕打ちのお前が消えた処で世間は哀しみも騒ぎ立てもしねえ……」

久蔵は、嘲りを浮かべた。

「います。女誑しの長次郎、大河原道場に隠れています……」

定吉は、嗄れ声を震わせた。

「定吉、苦し紛れの嘘偽りなら、俺が引導を渡してやるぜ……」

「本当です。長次郎は、追手の浪人に狙われ、道場の連中に助けられて以来、奥に引っ込んで一歩も出ないでいます。本当です」

定吉は、必死な面持ちで久蔵を見詰めた。

「追手の浪人、きっと高杉さんですぜ……」

由松は読んだ。

「うむ……」

久蔵は頷いた。

浪人の高杉弥十郎は、長次郎を狙ったが大河原道場の者たちに邪魔をされ、肩を斬られて両国稲荷に逃げ、雲海坊に助けられた。

久蔵と由松は読んだ。

「で、定吉、大河原道場に浪人共は何人いるのだ……」

「出たり入ったりしていますが、いつもは師範代で頭の竜崎軍兵衛さんと浪人が十人ぐらいですか……」

「師範代の竜崎軍兵衛と十人ぐらいか……」

久蔵は念を押した。

「はい……」

定吉は頷いた。

「身を潜めているのは、お前と長次郎の他に誰がいるのだ」

「奉公先のお店の金を使い込んだ番頭と主の旗本を斬って金を奪って逃げた家来の二人ですか……」

定吉は告げた。

「よし。良く分かった。それでだ定吉、一つ相談がある……」

久蔵は、定吉に笑い掛けた。

回向院の鐘が亥の刻四つ（午後十時）を鳴り響かせ、墓地に蒼白い鬼火が浮かんで消えた。


今戸町の正慶寺には、住職の読経が朗々と響いていた。

雲海坊と清吉は、何事もなく朝を迎えた。

「どうだ……」

柳橋の幸吉がやって来た。

「高杉さん、昨夜は動きませんでしたぜ」

雲海坊は笑った。

「そうか。で、雲海坊、女誑しの長次郎だが、間違いなく大河原道場に隠れている……」

「確かめましたか……」

「ああ。秋山さまと由松がな……」

「秋山さまが……」

「ああ。で、大河原道場には長次郎を入れて四人の男が隠れていて、竜崎軍兵衛って師範代と十人ぐらい浪人がいるそうだ」

幸吉は報せた。

「十人ぐらいですか……」

雲海坊は眉をひそめた。

「ああ……」

「で、秋山さまはどうする気ですか……」

「和馬の旦那が八王子から戻り次第、始末をつけるそうだ」

「和馬の旦那が八王子に……」

「ああ。秋山さまの指図でな……」

幸吉は、厳しい面持ちで告げた。

正慶寺の住職の読経は続いた。

四

「秋山さま……」

旅姿の神崎和馬は、足早に久蔵の用部屋にやって来た。

「おう。御苦労だったな。して……」

久蔵は促した。

「はい。長次郎の似顔絵を作り、十両の賞金を懸けたのは、八王子の織物問屋の主の武蔵屋仁左衛門でした」

和馬は告げた。

「武蔵屋仁左衛門、娘を長次郎に誑かされたのか……」

「はい。二年前、長次郎に言葉巧みに駆落ちに誘われ、その後、女郎屋に売られて自害したそうにございます」

「その恨みの賞金首か……」

久蔵は読んだ。

「はい……」

「して高杉弥十郎は……」

「八王子千人同心の一人でした」

「やはりな……」

〝八王子千人同心〟とは、公儀直属の郷士集団であり、八王子周辺に居住して甲州口の警備と治安維持に当っていた。

「で、高杉には娘がいたのですが、去年、若い男と江戸に行ったとか……」

「その若い男が長次郎か……」

久蔵は読んだ。

「分かりません。ですが、高杉が女誑しの長次郎だと思っても不思議はありますまい」

和馬は告げた。

「ならば、長次郎に訊くしかあるまい……」

久蔵は、不敵な笑みを浮かべた。

今戸正慶寺の境内は綺麗に掃除がされ、枯葉を集めて燃やす煙が立ち昇っていた。

高杉弥十郎は、本堂裏の家作から現れて山門を出た。

雲海坊と清吉が現れた。

高杉は立ち止まった。

「おぬしが高杉弥十郎さんか……」

和馬が背後に現れた。

高杉は振り返った。

「私は南町奉行所の神崎和馬って者だが、ちょいと付き合って貰おうか……」

「何故に……」

高杉は身構えた。

「八王子千人同心のおぬしが、女誑しの長次郎を追う理由、詳しく教えて貰いたくてね」

和馬は、高杉を見据えた。

「な、何……」

高杉は、己が八王子千人同心だと知れているのに狼狽えた。

「高杉さん、決して悪いようにはしませんぞ」

雲海坊は、親しげに笑い掛けた。


本所回向院の境内では、幼い子供たちが楽しげに遊んでいた。

博奕打ちの定吉は、二枚目の若い男を伴って境内に入って来た。

「なんだい定吉さん、用ってのは……」

二枚目の若い男は、女誑しの長次郎だった。

「うん。此の前、お前さんを襲った浪人だが、何処の誰か知っているのか……」

「どうせ、俺の首に懸けられている十両の賞金目当ての野郎だぜ……」

長次郎は、整った二枚目の顔を醜く歪めて吐き棄てた。

「やっぱりな……」

「そいつがどうかしたのか……」

長次郎は、定吉に怪訝な眼を向けた。

「いや。別に……」

定吉は、誤魔化すような笑みを浮かべて後退りした。

「定吉……」

長次郎は、慌てて周囲を見廻した。

幸吉、勇次、由松が近寄って来た。

長次郎は、身を翻して逃げようとした。

刹那、擦れ違った塗笠を被った着流しの侍が足を引っ掛けた。

長次郎は、足を縺れさせて前のめりに倒れ込んだ。

勇次が飛び掛かった。

「何をしやがる……」

長次郎は、激しく抗った。

「大人しくしろ」

勇次が、長次郎を十手で殴り飛ばした。

「て、手前ら……」

長次郎は、現れた男たちの素性に気が付いた。

勇次は、素早く縄を打った。

「長次郎、ちょいと面を貸して貰うぜ」

久蔵は、冷ややかな笑みを浮かべた。


回向院の墓地には、線香の匂いが漂っていた。

和馬は、雲海坊や清吉と高杉弥十郎を伴って墓地に入った。

墓地の片隅には、久蔵、幸吉、由松、勇次が長次郎を捕らえていた。

「長次郎……」

高杉は、長次郎に憎悪の眼を向けた。

「お前さんが高杉弥十郎か……」

久蔵は進み出た。

「如何にも、おぬしは……」

「南町奉行所吟味方与力の秋山久蔵って者だ」

「秋山さま……」

「ああ。お前さん、此の長次郎を追って八王子から来たんだな」

久蔵は、長次郎を示した。

「左様。長次郎は娘を誑かして江戸に連れ出し、女郎屋に売り飛ばす外道だ……」

高杉は、怒りを露わにした。

「それで、八王子の織物問屋武蔵屋仁左衛門に頼まれて捜し、斬り棄てに来たか……」

「如何にも。秋山さま、長次郎の身柄、拙者(せっしゃ)に渡して戴こう」

「そうはいかねえ。人の売り買いは天下の御法度。町奉行所が裁きに掛け、厳しく仕置するぜ……」

「ですが……」

高杉は、焦りを滲ませた。

「高杉……」

久蔵は遮った。

「はい……」

「長次郎に訊きたい事があるのなら、何なりと訊くが良い……」

久蔵は、高杉に笑い掛けた。

「秋山さま……」

高杉は、戸惑いを浮かべた。

「遠慮は無用だ」

久蔵は促した。

「はい……」

高杉は頷き、勇次と由松に押さえられている長次郎に向かった。

「長次郎、おさよは何処に売り飛ばした……」

高杉は、怒りに声を震わせた。

「おさよ……」

長次郎は、戸惑いを浮かべた。

「千人同心の娘のおさよだ。何処に売った」

「おさよなんて知らねえな……」

長次郎は、薄笑いを浮かべて惚けた。

「おのれ、長次郎……」

高杉は、思わず刀の柄に手を掛けた。

刹那、久蔵は長次郎の薄笑いを浮かべた顔を殴り飛ばした。

長次郎は、口元から血を飛ばして倒れた。

由松と勇次は、倒れた長次郎を引き摺り起こした。

「長次郎、少しでも長生きしたければ、訊かれた事にさっさと答えな……」

久蔵は、長次郎を見据えた。

「お、おさよなら谷中の松葉楼に売った……」

長次郎は、恐怖に整った顔を引き攣らせた。

「谷中の松葉楼……」

高杉は訊き返した。

「ああ……」

長次郎は頷いた。

「おさよは谷中の松葉楼にいるのだな」

高杉は念を押した。

「ああ。そうだ、三十両で売り飛ばしたんだよ……」

長次郎は、面倒そうに叫んだ。

「よし。雲海坊、勇次、高杉と一緒に谷中の松葉楼に行き、おさよの身柄を預かって来な。愚図愚図云ったら人の売り買いは天下の御法度だとな……」

久蔵は、雲海坊と勇次に命じた。

「承知しました」

「じゃあ高杉さん……」

雲海坊と勇次は、高杉を促した。

高杉は、久蔵たちに深々と頭を下げて勇次と雲海坊に続いた。

「よし、由松、清吉、長次郎を大番屋に叩き込め」

「はい……」

由松と清吉は頷いた。

「和馬、柳橋の、お尋ね者や凶状持ちを匿うなんて洒落た真似をしやがる大河原道場の奴らをお縄にする。仕度をしな……」

久蔵は、不敵な笑みを浮かべた。

谷中の岡場所は、昼間から客で賑わっていた。

勇次と雲海坊は、高杉弥十郎を伴って松葉楼を訪れ、親方の藤兵衛に逢った。

「お前さん方は……」

藤兵衛は、勇次、雲海坊、高杉たちを胡散臭そうに見た。

「あっし共は南町奉行所の秋山久蔵さまに手札を戴いている者ですが……」

勇次は、藤兵衛を見据えて告げた。

「南の御番所の秋山久蔵さま……」

藤兵衛は、久蔵の名を知っていたのか緊張を露わにした。

「はい。此方におさよと云う娘がおりますね」

勇次は訊いた。

「えっ、ええ……」

藤兵衛は頷いた。

「いるならば、早々に身柄をお渡し下さい」

「そ、そんな……」

「親方、人の売り買いは天下の御法度。長次郎は既にお縄になりましたよ」

雲海坊は、藤兵衛に笑い掛けた。

「長次郎がお縄に……」

藤兵衛は狼狽えた。

「ええ……」

「分かりました。少々お待ち下さい」

藤兵衛は、男衆を呼んでおさよを連れて来るように命じた。

「それで親方、おさよは見世に出ているのかな……」

雲海坊は尋ねた。

「いいえ。未だ見習で台所の方を……」

「そうか。未だ見世には出ていないのか。良かったですね……」

雲海坊は、高杉に笑い掛けた。

「ええ……」

高杉は、安堵を浮かべた。

「あの、それで長次郎は……」

藤兵衛は、探るような眼を向けた。

「秋山さまが厳しく御仕置するそうです」

勇次は、嘲りを浮かべた。

「厳しく御仕置を……」

藤兵衛は、不安を露わにした。

「付かぬ事を尋ねるが、松葉楼は二年前にも長次郎が八王子から連れて来た娘を……」

高杉は、厳しい面持ちで尋ねた。

「いいえ、存じません。それは手前共ではございません」

藤兵衛は、慌てて否定した。

「そうか……」

高杉は頷いた。

「父上……」

女中姿の十五、六歳の娘が男衆に連れられて来た。

「おさよ……」

高杉は、安堵の吐息を洩らした。

「御免なさい。馬鹿な真似をしました。許して下さい」

おさよは、高杉の前に手を突いて詫び、泣きながら許しを乞うた。

本所松坂町の一刀流大河原道場は、門弟たちが稽古に励んでいる様子はなかった。

新八は、斜向いの小さな煙草屋から見張り続けていた。

「変わりはねえようだな……」

店先に立った久蔵が、塗笠をあげて大河原道場を眺めた。

「はい。相変わらず、大した稽古もしないで酒を喰らっていますよ」

新八は、呆れたように告げた。

「そうか。だったら酔いを醒ましてやるぜ」

久蔵は笑った。

「じゃあ秋山さま……」

「ああ。和馬と柳橋の仕度が出来次第、打ち込む。師範代の竜崎軍兵衛はいるな」

「はい。他に門弟が七、八人ですか……」

新八は、緊張した面持ちで告げた。

「よし。新八、お前も仕度をしておきな」

「はい……」

新八は頷いた。

久蔵は、店先の縁台に腰掛けた。


半刻が経った。

大河原道場からは、男たちの賑やかな笑い声があがっていた。

「邪魔するぜ……」

幸吉が小さな煙草屋を訪れた。

「秋山さま、親分です……」

新八は、店の奥に声を掛けた。

「おう……」

久蔵が奥から出て来た。

「和馬の旦那が由松や清吉、捕り方の衆と裏手に廻りました」

幸吉は報せた。

「じゃあ、柳橋と新八は俺と一緒に来い……」

「はい……」

幸吉と新八は頷いた。

「婆さん、いろいろ世話になったな。此奴は礼だ……」

久蔵は、煙草屋の婆さんに一分銀を渡した。

「こんなに……」

婆さんは、眼を丸くした。

「ああ。それから心張棒を貰うぜ……」

「ああ、何でも持っていきな……」

婆さんは、一分銀を握り締めた。

久蔵は苦笑し、戸口にあった心張棒を手に取って一振りした。

心張棒は短い音を鳴らした。

「よし。行くぜ……」

久蔵は、心張棒を手にして煙草屋を出た。

幸吉と新八が続いた。


久蔵、幸吉、新八は、大河原道場に向かった。

「秋山さま、親分……」

勇次が駆け寄って来た。

「おう。高杉はどうした」

「はい。無事に娘さんを取り戻しました。雲海坊さんが付き添っています」

「そうか、そいつは良かった……」

久蔵は微笑んだ。

「勇次、踏み込むぜ……」

幸吉が告げた。

「はい……」

勇次は、十手を握り締めた。


大河原道場の板戸は、勢い良く開けられて音を鳴らした。

酒を飲んでいた浪人たちが、弾かれたように立ち上がった。

久蔵が戸口に現れた。

「な、何だ、手前は……」

浪人たちは熱り立った。

「師範代の竜崎軍兵衛ってのは、何処だい」

久蔵は笑い掛けた。

「竜崎軍兵衛は俺だ……」

総髪の剣客風の男が、浪人たちの中から出て来た。

「お前かい、お尋ね者や凶状持ちを匿っている洒落者は……」

久蔵は、道場に踏み込んだ。

「何者だ……」

竜崎軍兵衛は、久蔵を見据えた。

「俺か、俺は南町奉行所の秋山久蔵だ」

久蔵は笑い掛けた。

「秋山久蔵……」

竜崎は眉をひそめ、浪人たちは慌てて刀を抜いた。

「怪我をしたくなければ、神妙にしな」

久蔵は、浪人たちを見廻した。

浪人たちは怯んだ。

「やれ……」

竜崎は命じた。

浪人たちは、久蔵に斬り掛かった。

久蔵は、心張棒を縦横に振った。

浪人たちは、鋭く打ち込まれて倒れ込んだ。

幸吉、勇次、新八が現れ、倒れた浪人たちを殴り飛ばして縄を打った。

和馬は、由松と清吉を従えて裏手から踏み込んで来た。

浪人たちは焦った。

久蔵と和馬は、浪人たちを次々に打ちのめした。

幸吉、勇次、由松、新八、清吉は、浪人たちに縄を打って捕り方に引き渡した。

久蔵は、竜崎軍兵衛と対峙(たいじ)した。

和馬、幸吉、由松、勇次、新八、清吉が取り囲んだ。

「秋山さま、匿われていた主殺しの旗本家の家来と金を使い込んだ番頭、お縄にしましたよ」

和馬は告げた。

「よし。さあて、竜崎軍兵衛、此迄だぜ……」

久蔵は、冷たく見据えた。

「黙れ……」

竜崎は、猛然と久蔵に斬り掛かった。

「馬鹿野郎……」

久蔵は、竜崎に心張棒を投げ付けた。

竜崎は、咄嗟に飛来する心張棒を斬り飛ばした。

刹那、久蔵は踏み込んで刀を一閃した。

竜崎は刀を握る利き腕の肩を斬られて血を飛ばした。

刀は、床板に音を立てて落ちた。

勇次、新八、清吉が竜崎に飛び掛かった。

「退がれ、下郎……」

竜崎は抗った。

「煩せえ、外道……」

勇次は怒鳴り、十手で竜崎の顔を激しく殴り飛ばした。

竜崎は倒れた。

新八と清吉が、竜崎に素早く縄を打った。

「よし。引き立てろ……」

久蔵は命じた。

竜崎軍兵衛と浪人たちは捕らえられ、お尋ね者や凶状持ちを金で匿っていた大河原道場は潰れた。

久蔵は、女誑しの長次郎と竜崎軍兵衛を死罪にし、大河原道場にいた浪人たちを遠島の刑に処した。そして、長次郎から女を買った松葉楼の藤兵衛をお縄にし、厳しく詮議を始めた。博奕打ちの定吉は放免され、草鞋を履いて江戸から立ち去った。

千人同心の高杉弥十郎は、長次郎に懸けられた賞金を得るより、娘のおさよが無事に帰って来たのを喜んだ。

久蔵は、甲州街道を八王子に帰って行く高杉父娘を想い浮かべた。そして、何故か馬糞風の臭いを感じた。

久蔵は苦笑した。

第二話

追う娘

一

昌平坂の学問所を出た秋山大助(だいすけ)は、三味線堀の屋敷に住む友人と神田川沿いの道を昌平橋に向かった。

大助は、明神下の通りで友人と別れ、昌平橋を渡って神田八ツ小路に進んだ。

神田八ツ小路には多くの人が行き交っていた。

大助は、神田須田町の日本橋の通りに向かった。

神田須田町の通りから若い武家女がやって来た。

あっ……。

大助は、若い武家女に気が付いて思わず足を止めた。

佳奈だ……。

若い武家女は、八丁堀の組屋敷に住んでいる北町奉行所例繰方同心の岡島左内の娘の佳奈だった。

佳奈は、緊張した面持ちで前を行く背の高い浪人を見詰めていた。

浪人を追っているのか……。

大助は、戸惑いを覚えた。

背の高い浪人は、神田八ツ小路を柳原通りに向かった。

佳奈は追った。

よし……。

大助は、書籍を包んだ風呂敷包みを腰に結び付けて佳奈に続いた。

久し振りだ……。

大助と佳奈は、幼い頃に同じ寺子屋に通っていた。そして、その後も時々、道で擦れ違ったりしていた。

柳原通りは神田八ツ小路と両国広小路を結ぶ道であり、柳並木が微風に枝葉を揺らしていた。

背の高い浪人は両国の方に進んだ。

佳奈は尾行た。

そして、大助が続いた。

背の高い浪人は何者なのか……。

何故、佳奈は追っているのか……。

大助は、想いを巡らしながら佳奈を追った。

背の高い浪人は、柳原通りと神田川の間にある柳森稲荷に入った。

佳奈は柳の陰に走り、柳森稲荷を窺った。


柳森稲荷の鳥居の前には数軒の露店が並び、奥に葦簀(よしず)張りの飲み屋があった。

背の高い浪人は、奥の葦簀張りの飲み屋に入って行った。

佳奈は、柳森稲荷の鳥居に走った。

大助は、柳の陰に走って見守った。

しゃぼん玉が微風に舞い飛んだ。

佳奈は、柳森稲荷の鳥居の陰から背の高い浪人の入った葦簀張りの飲み屋を窺った。

「おっ。娘さん、一緒に酒を飲まねえか……」

酔っ払った二人の人足が、佳奈に下卑た声を掛けた。

佳奈は身を固くした。

「な、良いじゃあねえか……」

酔った人足は、佳奈の肩に手を廻して葦簀張りの飲み屋に押した。

「止めて下さい」

佳奈は、逃れようとした。

「良いじゃあねえか……」

二人の人足はしつこかった。

「止めろ……」

大助が猛然と駆け寄り、二人の人足に体当たりをした。

二人の人足は、驚きの声をあげて無様に倒れた。

「逃げるぞ……」

大助は、素早く佳奈の手を取って柳原通りに走った。

「野郎、待ちやがれ……」

二人の人足は慌てて立ち上がり、大助と佳奈を追い掛けようとした。

「好い加減にしな……」

しゃぼん玉売りの由松が、二人の人足の前に立ちはだかった。

「何だ手前……」

人足の一人が熱り立った。

「や、止めろ……」

残る人足は、由松の素性を知っているらしく慌てて仲間を止めた。

「どうしてもやりてえなら、俺が相手になるぜ……」

由松は、熱り立っている人足を見据えた。

「いえ。由松の兄い、それには及びません」

人足は、熱り立った仲間を宥め、葦簀張りの飲み屋に連れて行った。

由松は見送った。

背の高い浪人が葦簀張りの飲み屋から現れ、辺りを鋭い眼で見廻した。

「さあさあ、可愛い子供や孫の土産にしゃぼん玉は如何かな……」

由松は、口上を述べながらしゃぼん玉を吹いた。

しゃぼん玉は、七色に輝きながら舞い飛んだ。

柳森稲荷を出て柳原通りを横切り、町家と旗本屋敷街を進むと、赤い幟旗を連ねた玉池稲荷がある。

玉池稲荷に人気はなかった。

大助と佳奈は、奥にある池の畔で乱れた息を整えた。

「大丈夫か……」

大助は、佳奈に尋ねた。

「はい。お陰さまで……」

佳奈は、息を整えながら大助に頭を下げた。

「背の高い浪人を尾行ていたのか……」

「えっ……」

佳奈は、怪訝な面持ちで大助を見詰めた。

「どうした……」

大助は、戸惑いを浮かべた。

「あっ、悪餓鬼の大助……」

佳奈は思わず叫んだ。

「ああ。秋山大助だよ。佳奈ちゃん……」

大助は苦笑した。

「そう、何となく見覚えのある顔だと思っていたけど。そうか、大助ちゃんか、大きくなったわねえ……」

佳奈は、大助を感心したようにまじまじと見詰めた。

「う、うん。久し振りだな……」

大助は照れた。

「ええ……」

「よし。一息吐いたら八丁堀に帰るぞ」

「うん……」

佳奈は頷いた。


玉池稲荷の前には、酔った二人の人足はいなかった。

大助は、二人の人足が追って来ないのに戸惑いながらも安堵した。

「よし。行くよ」

大助は、玉池稲荷を出て八丁堀に向かった。

佳奈は、大助の背後に続いた。

八丁堀岡崎町の秋山屋敷は表門脇の潜り戸を開け、老下男の与平が床几に腰掛けていた。

「御免なすって……」

由松がやって来た。

「おう。しゃぼん玉売りの由松じゃあねえか……」

与平は、老顔の皺を増やした。

「こりゃあ与平さん、お変わりなく……」

由松は笑い掛けた。

「ああ。未だあの世のお福から迎えが来なくてな……」

「何よりですね」

「で、何か用かい……」

「大助さまはお帰りですかい……」

由松は、柳森稲荷から逃げた大助と武家娘が気になり、秋山屋敷にやって来た。

「いや。そいつが由松、もうとっくにお帰りになってもいいのに、未だなんだよ」

与平は、心配そうに白髪眉をひそめた。

「未だ……」

由松は戸惑った。

頃合いから見れば、既に帰って来ていて良い筈だ。

「ああ。何かあったんじゃあないかと心配しているんだが……」

与平は、心配そうに門の外を眺めた。

「やあ。由松さん……」

太市が現れた。

「おう。太市……」

「どうかしましたか……」

太市は眉をひそめた。

「う、うん。与平さん、又後で……」

「ああ……」

由松は、与平に断りを入れて太市の許に近付いた。

「由松さん……」

何かあったのか……。

太市は、微かな緊張を覚えた。

「うん。大助さま、柳森稲荷で酔っ払いの人足たちとちょいと揉めてな……」

由松は囁いた。

「大助さまが……」

太市は、思わず声を上げた。

「大助さまがどうかしたのかい……」

与平が振り向いた。

「いえ。何でもありません」

太市は誤魔化し、それとなく由松を門番部屋に誘った。


由松は、大助が柳森稲荷で二人の酔った人足に絡まれた武家娘を助けて逃げた事を教えた。

「大助さまが柳森稲荷で武家の娘を……」

柳森稲荷は、学問所からの帰りの道筋ではない。そして、武家の娘を助けた。

どうしたのだ……。

太市は戸惑った。

「ああ。で、追い掛けようとした人足共は俺があしらったが、妙な浪人がいてな。それでちょいと気になってな……」

由松は眉をひそめた。

「そうでしたか。分かりました。ちょいと通りを見てみます」

太市は、秋山屋敷の表に向かった。

由松は続いた。

八丁堀の組屋敷街には夕暮れ時が訪れ、南北両町奉行所から与力や同心たちが帰宅していた。

太市と由松は、通りを見廻した。

大助と武家娘が、地蔵橋の手前を東の堀割沿いに曲がって行くのが見えた。

「由松さん……」

「うん……」

太市と由松は、地蔵橋に走った。

大助と佳奈は、地蔵橋の手前を東に曲がって堀割沿いを進み、一軒の組屋敷の前に立ち止まった。

「変わった事はなかったな……」

大助は、吐息を洩らして緊張を解いた。

「ええ。面倒を掛けたわね……」

佳奈は、安堵を浮かべた。

「いいや。それより、話す気になったら話してくれ。いつでも助っ人に来るぜ」

帰って来る道すがら、大助は佳奈に背の高い浪人を尾行ていた理由を訊いた。

だが、佳奈は言葉を濁して理由を話す事はなかった。

「うん。大丈夫だと思うけど。今日は本当にありがとう。じゃあ……」

佳奈は、大助に頭を下げて組屋敷の木戸門を入って行った。

大助は見送った。

佳奈は、母親を既に亡くし、父親の北町奉行所例繰方同心の岡島左内と二人暮らしだった。

〝例繰方〟とは、犯罪の情況、断罪の擬律案を集めて記録し、仕置の参考にする。

その為に御仕置裁許帳を整備し、保管する役目なのだ。

岡島左内は、温厚で老練な例繰方同心だと噂されていた。

大助は、堀割沿いを地蔵橋に戻った。

太市と由松は、地蔵橋の袂から眺めていた。

「あのお屋敷……」

太市は眉をひそめた。

「知っているのか……」

「確か北町奉行所の例繰方同心の岡島左内さまのお屋敷です……」

「岡島左内さま……」

「そうか。岡島さまの家には、大助さまと同じ寺子屋に通っていたお嬢さまがいます。きっと一緒にいた武家の娘さんは、そのお嬢さまです」

太市は睨んだ。

「じゃあ幼馴染か……」

「まあ、そう云う事になりますか……」

太市は頷いた。

大助は、柳森稲荷で幼馴染の娘を助けて逃げ、八丁堀の組屋敷に送って来たのだ。

由松は知った。

「そうか。ま、無事に戻られたんだ。俺は此で引き上げるぜ」

由松は告げた。

「えっ、でも……」

「太市、下手に騒ぎ立てて大助さまに御迷惑を掛けちゃあならねえ。その辺を宜しくな」

由松は笑った。

「はい。そりゃあもう……」

太市は頷いた。

「じゃあな……」

由松は、足早に立ち去った。

太市は見送った。

「太市さん……」

大助が、堀割沿いを駆け寄って来た。

「こりゃあ大助さま、お帰りなさい」

太市は迎えた。

「只今。今、南茅場町（みなみかやばちょう）の方に行った人、由松さんじゃあ……」

大助は、去って行く由松の後ろ姿を眺めた。

「ええ。大助さま……」

太市は、岡島屋敷の方を眺めた。

「う、うん。ちょいとね。ああ、腹減った」

大助は、太市を遮るように言葉を濁し、足早に屋敷に向かった。

太市は苦笑し、大助に続いた。

八丁堀組屋敷街は夕陽に照らされた。


主の久蔵が帰り、秋山家の夕食が始まった。

久蔵、大助、香織（かおり）、小春（こはる）、そして与平、太市、おふみは、一堂に会して夕食を取るのが普通だった。それは、久蔵が独り身の頃、下男の与平お福夫婦と一緒に食事をしていた事に始まる。

「母上、お代わりをお願いします」

大助は、いつものように真っ先に飯のお代わりをした。

「そう云えば兄上、今日は帰りが遅かったですね……」

小春は、兄の大助を一瞥した。

「う、うん。そうか……」

大助は惚けた。

「ええ……」

小春は、胡散臭げに頷いた。

「そう云えば父上……」

大助は、小春から逃れるかのように久蔵に声を掛けた。

「何だ……」

「今、北町奉行所で何か変わった事は起きていませんか……」

大助は訊いた。

「北町奉行所に……」

久蔵は眉をひそめた。

「はい……」

「別に何も聞いていないが、北町奉行所がどうかしたのか……」

「いえ。そうですか、良く分かりました」

大助は、飯を掻き込んだ。

久蔵は、太市をそれとなく窺った。

太市は、僅かに頷いた。

久蔵は頷き、後で座敷に来いと目配せした。


燭台の火は座敷を照らしていた。

「旦那さま……」

太市が、障子の向こうの廊下にやって来た。

「おう。入ってくれ……」

久蔵は迎えた。

「はい……」

太市は、座敷に入った。

「さあて、大助に何があったのかな……」

久蔵は、太市を促した。

「はい。学問所の帰り、柳森稲荷で北町奉行所同心の岡島左内さまの娘佳奈さまを酔った人足から助けたそうにございます」

太市は報せた。

「それで北町奉行所か……」

久蔵は、大助の言葉を思い出した。

「きっと……」

太市は頷いた。

「で、太市、その話の出処は大助か……」

「いえ。偶々柳森稲荷で商いをしていたしゃぼん玉売りの由松さんが……」

太市は告げた。

「由松が居合わせたのか……」

「はい。それで、大助さまと佳奈さまは逃げ、追い掛けようとした人足は、由松さんが……」

「そうか。それにしても柳森稲荷とはな……」

「はい。柳森稲荷は、学問所から八丁堀に戻る道筋ではないのに……」

「うむ……」

「それから、由松さんの話では、柳森稲荷に気になる浪人がいたとか……」

太市は、微かな緊張を滲ませた。

「気になる浪人……」

久蔵は眉をひそめた。

燭台の油が切れ掛かったのか、炎が小刻みに瞬き始めた。


翌朝。

「行って来ます。与平の爺ちゃん……」

寝坊した大助は、朝飯もそこそこに握り飯と書籍を包んだ風呂敷包みを抱え、与平に見送られて屋敷から駆け出して行った。

久蔵は、香織、小春、おふみ、与平に見送られ、太市を供に南町奉行所に出仕した。

「ならば太市、手筈通りにな……」

久蔵は、非番の南町奉行所の門前で立ち止まった。

「心得ました。では……」

太市は、久蔵に一礼してその場から立ち去った。

久蔵は太市を見送り、南町奉行所の閉められている表門脇の潜り戸を潜った。

出仕した久蔵は、定町廻り同心の神崎和馬を用部屋に呼んだ。

「何か御用でしょうか……」

和馬は、直ぐにやって来た。

「うむ。近頃、北町奉行所について何か聞いちゃあいないか……」

久蔵は尋ねた。

「北町奉行所についてですか……」

和馬は、戸惑いを浮かべた。

「うむ……」

「さあ、此と云って別に……」

和馬は首を捻った。

「ならば、それとなく探りを入れてみてくれ」

久蔵は命じた。

「えっ。北町奉行所にですか……」

和馬は、思わず訊き返した。

「ああ……」

久蔵は苦笑した。

二

八丁堀組屋敷街は、南北両町奉行所の出仕の刻限も過ぎて静けさに覆われていた。
太市は、岡島左内の組屋敷を窺おうと地蔵橋に向かった。
地蔵橋の袂には、背の高い浪人が佇んでいた。
誰だ……。
太市は、物陰に入って背の高い浪人を窺った。
背の高い浪人は、地蔵橋が架かっている堀割の傍の組屋敷を窺っている。
由松の云っていた柳森稲荷にいた浪人なのかもしれない……。
太市は見守った。
四半刻が過ぎた。
異変が起きたり、事態が変わるような事は一切なかった。
背の高い浪人は、地蔵橋の袂から南茅場町に向かった。
よし……。

太市は、追い掛けようとした。

岡島屋敷の板塀の木戸門が開き、若い武家娘が出て来た。

佳奈さまだ……。

太市は見定めた。

佳奈は、小走りに地蔵橋に進み、南茅場町に向かう背の高い浪人を追った。

尾行る気か……。

太市は、背の高い浪人を尾行る佳奈を追った。


柳森稲荷には参拝客が訪れていた。

鳥居の前には古着屋や骨董品屋が店を出し、奥にある葦簀張りの飲み屋が開店の仕度をしていた。

由松は、辺りに背の高い浪人を捜した。

背の高い浪人はいなかった。

由松は、開店の仕度をしている葦簀張りの飲み屋の主喜平の許に行った。

「やあ、喜平の父っつあん……」

「おう。由松の兄い、何か用か……」

葦簀張りの飲み屋の親父の喜平は、屋台に毛の生えたような店を掃除しながら由松を振り返った。

「うん。ちょいと訊きたい事があってね」

「なんだい……」

「昨日の夕暮れ前、酔っ払った二人の人足が来ただろう……」

「ああ……」

「その時、此処に背の高い浪人がいた筈だが、覚えているかな……」

「そりゃあもう……」

喜平は、掃除の手を止めた。

「何処の誰か知っているかな……」

「名前は氷川恭一郎だ……」

喜平は、由松が岡っ引の柳橋の幸吉の身内だと知っていた。

「氷川恭一郎か……」

由松は、背の高い浪人の名を知った。

「ああ、だが、何を生業にして何処で暮らしているかは未だだ……」

喜平は小さく笑った。

「今日は来るかな……」

「きっとな……」

喜平は頷いた。

「そうか……」

由松は、しゃぼん玉を売りながら待つ事にした。

「氷川、何かしたのかい……」

「いや。未だ何も……」

「じゃあ、此からって訳か……」

「まあな……」

「由松の兄い、時々、氷川は血の臭いをさせて来る時がある。気を付けな……」

「血の臭い……」

由松は眉をひそめた。

「ああ……」

喜平は、薄笑いを浮かべた。

月番の北町奉行所には、多くの者が忙しく出入りしていた。

柳橋の幸吉と下っ引の勇次は、北町奉行所を出て外濠に架かっている呉服橋御門を渡った。そして、堀端を北に進み、外濠と繫がる日本橋川に架かっている一石橋の袂の蕎麦屋の暖簾を潜った。


「いらっしゃいませ……」

幸吉と勇次は、蕎麦屋の小女の威勢の良い声に迎えられた。

「おう。邪魔するぜ……」

幸吉は、蕎麦屋の店内を見廻した。

「親分、勇次……」

和馬が、奥の衝立の陰から顔を出した。

「お待たせしました。旦那……」

幸吉と勇次は、和馬の許に向かった。

「酒のお代わりと蕎麦を三つ、頼むぜ」

和馬は、小女に注文した。

「はい……」

小女は、大声で板場に注文を通した。

和馬は、幸吉と勇次に酒を注いだ。

「戴きます……」

幸吉と勇次は酒を飲んだ。

「で、どうだった……」

和馬は訊いた。

「はい。知り合いの小者の父っつあんにそれとなく訊いたのですが、北町奉行所に取り立てて変わった事はないそうですよ」

幸吉は、和馬に酌をした。

「そうか。古参の小者でも知らないとなると、同心や与力に拘る事かな」

和馬は読んだ。

「あっしもそう思い、変わった様子の与力や同心の旦那がいないか訊いた処、此処七日程、病で休んでいる同心の旦那がいるとか……」

幸吉は、厳しさを滲ませた。

「七日程、病で休んでいる同心か……」

「ええ……」

「そいつは誰だい……」

「岡島左内って例繰方の旦那だそうです」

「例繰方同心の岡島左内……」

和馬は眉をひそめた。

「おまちどおさま……」

小女が、新しい徳利と蕎麦を運んで来た。


楓川(もみじがわ)に架かっている海賊橋を渡り、北に進めば日本橋川になる。そして、日本橋川に架かっている江戸橋を渡ると、西堀留川沿いの道に出る。

背の高い浪人は、西堀留川沿いの道を道浄橋に向かった。

佳奈は尾行た。

危なっかしい……。

太市は、佳奈の下手な尾行に眉をひそめた。

ひょっとしたら、背の高い浪人は佳奈の尾行に気が付いているのかもしれない。

太市は、不意にそう思った。

もし、気が付いているなら……。

背の高い浪人は、佳奈を誘き出している事になる。

拙い……。

太市は緊張した。

背の高い浪人は、神田堀を越えて尚も北に進んだ。

佳奈は尾行し、太市は続いた。


大助は昼飯前の講義を受け、握り飯を食べ終えた。

よし……。

大助は、書籍を包んだ風呂敷包みを腰に結んで学問所を出た。そして、神田川に架かっている昌平橋を渡り、神田八ツ小路に向かった。

佳奈が尾行ていた背の高い浪人が、柳森稲荷にいるかもしれない。

背の高い浪人がいたら後を尾行て素性を突き止める……。

大助は、そう決めて柳森稲荷に急いだ。


柳森稲荷の鳥居の前には、しゃぼん玉が七色に輝きながら舞っていた。

「さあさあ寄ったり見たり、吹いたり、評判の玉屋玉屋、商う品はお子様方のお熨み、御存知知られた玉薬、鉄砲玉とことかわり、当って怪我のないお土産だよ……」


由松は、参拝客に口上を述べてしゃぼん玉を売っていた。

背の高い浪人の氷川恭一郎は、未だ現れない……。

由松は、やって来る参拝客に浪人の氷川恭一郎を捜した。だが、氷川は未だやって来なかった。

由松は、氷川が来るのを待ちながらしゃぼん玉を売り続けた。

しゃぼん玉は舞った。


柳原通りの柳並木は、微風に緑の枝葉を揺らしていた。

大助は、神田八ツ小路から柳原通りを足早にやって来た。

背の高い浪人が、連なる町家の間の道から大助の前方に現われた。

大助は、咄嗟に柳の木の陰に隠れた。

背の高い浪人は、柳森稲荷の前を通って神田川に架かっている和泉橋に進んだ。

大助が追い掛けようとした時、佳奈が追って現われた。

佳奈……。

大助は、佳奈が昨日同様に背の高い浪人を追っているのを知り、柳の木の陰を出た。

太市は、佳奈を追って町家の間の道から柳原通りに出ようとした。

眼の前を大助が通り過ぎて行った。

大助さま……。

太市は、慌てて柳原通りに出た。

大助の前には佳奈がおり、佳奈の前には背の高い浪人がいる。

太市は、緊張した面持ちで続いた。

背の高い浪人は、柳森稲荷の前を通り過ぎて尚も進んだ。

佳奈が追い、大助が続いた。

何処に行く……。

太市は、緊張した面持ちで続いた。

背の高い浪人は、神田川に架かっている和泉橋を渡り、神田佐久間町に向かった。

佳奈は尾行た。

背の高い浪人は、神田佐久間町の裏通りに進んだ。そして、裏通りの家並みの路地に入った。

佳奈は続いた。

大助は、路地の入口に走った。

背の高い浪人は、路地の角を曲がって姿を消した。

佳奈は足取りを速め、背の高い浪人を追って路地の角を曲がった。

刹那、待ち構えていた背の高い浪人が佳奈に襲い掛かった。

佳奈は、思わず怯んだ。

背の高い浪人は、佳奈を当て落した。

佳奈は、気を失って崩れ落ちた。

背の高い浪人は、倒れた佳奈を担ぎ上げようとした。

「何をしている……」

大助が怒声をあげ、猛然と駆け寄って来た。

背の高い浪人は、気を失っている佳奈を放り出して身を翻した。

「おのれ、待て……」

大助は怒鳴り、倒れている佳奈に駆け寄った。

「佳奈ちゃん……」

大助は、狼狽えながらも佳奈の様子を見た。

佳奈に怪我はない……。

大助は、佳奈が当て落されたと知った。

「しっかりしろ、佳奈ちゃん……」

大助は、気を失っている佳奈を揺り動かした。

太市は、路地の角から大助と佳奈が無事なのを見定めて身を翻した。


背の高い浪人は、家並みの路地から裏通りに飛び出した。そして、現われた若侍が追って来ないのを見定め、足早に神田川に架かっている和泉橋に向かった。

路地から現われた太市は、背の高い浪人を追った。

今日は現われないのかもしれない……。

由松が微かな苛立ちを覚えた時、柳原通りから背の高い浪人が入って来た。

氷川恭一郎だ……。

やっと来た……。

由松は、大きくしゃぼん玉を吹いた。

しゃぼん玉は舞い飛んだ。

氷川は、柳森稲荷の鳥居の前を通って奥の葦簀張りの飲み屋に入った。

由松は見届けた。

「由松さん……」

太市が小走りに来た。

「おう。野郎を追って来たのか……」

由松は、葦簀張りの飲み屋を見据えた。

「ええ。いろいろありましたけど……」

太市は苦笑した。

「野郎の名前は氷川恭一郎、素性は未だだ」

由松は、太市に教えた。

「氷川恭一郎……」

「ああ。で、いろいろってのは……」

　由松は眉をひそめた。

「氷川恭一郎、八丁堀の岡島左内さまの組屋敷を窺っていましてね。で、お嬢さまの佳奈さまが引き上げる氷川を尾行て……」

　太市は、経緯を詳しく話した。

「そして、大助さまか……」

「ええ……」

　太市は苦笑した。

「そいつは、いろいろと御苦労だったな」

　由松は、太市に同情して笑った。

「で、どうします」

　太市は、葦簀張りの飲み屋を示した。

「後を尾行て、行き先と素性を突き止めるのが一番だろう」

　由松は告げた。

「分かりました」

　太市は頷き、氷川のいる葦簀張りの飲み屋を見張り始めた。

八丁堀に西日が差し込んだ。

和馬は、幸吉と勇次を連れて堀割に架かっている地蔵橋の手前を東に曲がった。

堀割沿いに連なる組屋敷の中に、北町奉行所例繰方同心の岡島左内の組屋敷はある。

「此処だな……」

和馬は、板塀で囲まれた岡島左内の組屋敷を見廻した。

「ええ。和馬の旦那のお屋敷、堀割の向こうですが、お付き合いは……」

幸吉は尋ねた。

「そいつがないんだな……」

和馬は首を捻った。

「へえ。お侍ってのは、そんなもんなんですかねえ……」

勇次は、妙に感心した。

「勇次……」

幸吉は窘め、目配せした。

「はい。御免なすって……」

勇次は、板塀の木戸門を叩いた。

木戸門は開いた。

「旦那、親分……」

勇次は戸惑った。

「よし……」

和馬は、木戸門を入った。

幸吉と勇次が続いた。


岡島屋敷の前庭と植木は、綺麗に手入れがされていた。

幸吉は、岡島屋敷の玄関の板戸を叩いた。

「御免なすって、岡島さまはおいでになりますか……」

岡島屋敷内から男の声が微かに聞こえた。

「和馬の旦那……」

幸吉は眉をひそめた。

「ああ。庭に廻ってみよう」

和馬は、庭に向かった。

幸吉と勇次が続いた。

庭は綺麗に掃除され、隅には小さな畑があって季節の野菜がなっていた。

「私は南町奉行所定町廻り同心の神崎和馬だが、岡島どのはおいでになるかな……」

和馬は、障子の閉められている座敷に声を掛けた。

「奥です。奥の座敷です……」

奥の座敷から男の声がした。

「失礼する」

和馬は、奥の座敷の障子を開けた。

薬湯の臭いが溢れた。

蒲団が敷かれ、初老の男が横たわっていた。

初老の男は、起き上がろうとした。

「そのまま、そのまま……」

和馬は制した。

「すみませぬ。ならば、お言葉に甘えて……」

初老の男は詫び、蒲団に横たわった。

枕元には薬湯の土瓶と茶碗。そして、刀が置いてあった。

「岡島左内どのですね」

和馬は、座敷の縁側に腰掛けた。

「左様。南町の定町廻りの神崎和馬どのか……」

初老の男は念を押した。

「ええ。具合が悪いようですが、何処が……」

和馬は尋ねた。

「過日、植木の手入れをしていて梯子(はしご)から落ちましてな。持っていた鋸(のこぎり)で己の腰から太股(ふともも)を斬りました。間抜けな話ですよ」

岡島は、引き攣ったような笑みを浮かべた。

「そいつは大変ですな……」

和馬は、岡島に同情した。

「して神崎どの、私に何か……」

岡島は、和馬に鋭い眼を向けた。

「いえ。私の組屋敷は堀割の向こうなんですが、戻る途中に木戸門が開いているのが見えましてね。それで……」

和馬は取り繕(つくろ)った。

「木戸門が……」

「ええ。処で岡島どの、御家族は……」

「娘が一人おりましてね。先程から呼んでいるのだが……」

岡島は、座敷の向こうを窺った。

「お出掛けのようですな……」

「うむ……」

岡島は、微かな不安を過(よ)ぎらせた。

「どうかされましたか……」

和馬は、岡島の不安を見逃さなかった。

「いや、別に。娘がいないと何かと不便なものでしてな……」

岡島は苦笑した。

和馬は、幸吉や勇次と岡島屋敷の木戸門を出た。

「どう思う……」

「岡島の旦那、本当に梯子から落ちて鋸で切ったんですかね……」

幸吉は首を捻った。

「ああ。柳橋の、枕元に煎じ薬の土瓶と一緒に刀があったな……」

「ええ……」

「そいつが気になるな……」

和馬は眉をひそめた。

「旦那、親分……」

勇次が戸惑いの声をあげた。

大助と武家娘が、地蔵橋の袂から堀割沿いの道をやって来た。

三

「大助さん……」

和馬は眉をひそめた。

「あっ……」

大助は、和馬、幸吉、勇次に気が付いて思わず立ち止まった。

「じゃあ大助ちゃん……」

　佳奈は、大助に感謝の眼を向けた。

「う、うん……」

　大助は、強張(こわば)った面持ちで頷いた。

　佳奈は、和馬、幸吉、勇次に会釈をして擦れ違い、岡島屋敷の木戸門を入って行った。

「大助さん、今の娘御は……」

　和馬は、佳奈を見送って大助に尋ねた。

「岡島佳奈ちゃんだ……」

　大助は告げた。

「岡島佳奈、岡島左内どのの娘御ですか……」

　和馬、幸吉、勇次は、岡島左内の娘の佳奈を知った。

「ええ。寺子屋で一緒だった幼馴染です」

「ほう。そうだったんですか……」

「はい……」

「して、何かあったのですか……」

和馬は、大助を見据えた。

「えっ……」

大助は、僅かに狼狽えた。

「和馬の旦那……」

幸吉は、行き交う人を気にした。


「どうぞ……」

百合江は、大助と幸吉、夫の和馬に茶を差し出した。

「畏れ入ります」

幸吉は礼を述べた。

「戴きます」

大助は茶を飲んだ。

「して大助さん、何があったのですか……」

和馬は尋ねた。

「はい。佳奈ちゃんが背の高い浪人を尾行ていて……」

大助は語り始めた。

「背の高い浪人……」

和馬は眉をひそめた。

「はい。それで尾行ているのが気付かれ、当て落されて連れ去られそうになったのを助けて、連れ帰ったのです」

「では何故、佳奈さんは背の高い浪人を尾行ていたのですか……」

和馬は、厳しい面持ちで尋ねた。

「それが、此処の処、組屋敷を見張っているので、何処の誰か突き止めようとしていたのだと……」

「佳奈さんが云ったのですか……」

「はい……」

大助は、首を捻りながら頷いた。

「して、その背の高い浪人の名前と素性、何故に岡島屋敷を見張ったのか、分かったのですか……」

「いえ。分かりませんでした」

大助は、首を横に振った。

「そうですか。それにしても、大助さんや佳奈さんが無事に戻られて何よりです」

　和馬は苦笑した。

「はい。お陰さまで……」

　大助は、安堵したような笑みを浮かべた。

「大助さま、背の高い浪人、髷はどんな……」

　幸吉は尋ねた。

「総髪です……」

　大助は告げた。

「柳橋の……」

「ええ。背の高い浪人、又現われるかもしれません。岡島屋敷、此のまま勇次に見張らせておきますか……」

　幸吉は、既に勇次に岡島屋敷を見張らせていた。

「親分、ありがたい。そうして貰えれば安心です」

　大助は喜んだ。

　素直で隠し事の出来ない気質……。

　和馬は苦笑し、大助の云う事を信じた。

神田川の流れは西日に煌めいた。
柳森稲荷の参拝客は途切れ、古着屋や骨董品屋は店仕舞いの仕度を始めた。
背の高い浪人の氷川恭一郎は、葦簀張りの飲み屋に入ったままだった。
由松と太市は、氷川恭一郎が出て来るのを待った。
「由松さん……」
太市は、葦簀張りの飲み屋を見ながら緊張した声で囁いた。
由松は、葦簀張りの飲み屋を窺った。
氷川恭一郎が葦簀張りの飲み屋から現われ、柳原通りに向かった。
漸く動いた……。
太市が追い、由松が続いた。

氷川恭一郎は、柳原通りを神田八ツ小路に向かった。
太市と由松は、充分な距離を取って慎重に尾行た。
氷川は、閉める準備をしている筋違御門を通って神田川を渡り、神田花房町に進んだ。

太市と由松は追った。

筋違御門の北詰にある神田花房町に進んだ氷川恭一郎は、連なる店の一軒に入った。

太市は見届け、氷川の入った店の斜向いの路地に入った。

氷川の入った店は、唐物屋『湊屋』の看板が掲げられていた。

〝唐物屋〟とは、唐天竺や南蛮などの諸外国から渡来した品物を扱う店だった。

「あの店に入ったのかい……」

由松が、太市のいる路地に入って来た。

「ええ。唐物屋の湊屋です……」

「唐物屋の湊屋……」

由松と太市は、唐物屋『湊屋』を見詰めた。

唐物屋『湊屋』は、手代や小僧が店先を片付けていた。

氷川が北町奉行所例繰方同心の岡島左内を見張るのは、唐物屋『湊屋』と何らかの拘りがあるのか……。

「よし。ちょいと聞いてくる」

由松は、神田花房町の木戸番屋に走った。

太市は、唐物屋『湊屋』を見張った。

僅かな刻が過ぎ、神田川の流れに夕陽が映えた。

由松が駆け戻って来た。

「どうでした……」

太市は迎えた。

「うん。湊屋の旦那は文五郎(ぶんごろう)、中々の商い上手で馴染客には御大身の旗本や大店の旦那もいるそうだぜ」

由松は、木戸番に聞いて来た事を告げた。

「へえ、御大身の旗本や大店の旦那ですか……」

太市は眉をひそめた。

「ああ……」

氷川と肥った初老の旦那が、奉公人たちに見送られて唐物屋『湊屋』から出て来た。

「あの肥った旦那が湊屋文五郎だな……」

由松は睨んだ。

「ええ、きっと……」

太市は頷いた。

氷川と唐物屋『湊屋』文五郎は、神田川沿いの道から御成街道に入った。

夕陽は沈み、御成街道は青黒い大禍時に覆われた。

氷川と文五郎は、何事か言葉を交わしながら伊勢国亀山藩と下野国壬生藩の江戸上屋敷の間を抜け、下谷広小路に進んだ。

下谷広小路に列なる店は明かりを灯し、行き交う人も少なくなっていた。

由松と太市は追った。

氷川と文五郎は、下谷広小路を抜けて忍川に架かっている三橋を渡った。そして、不忍池の畔の仁王門前町の料理屋『沢乃井』の暖簾を潜った。

由松と太市は見届けた。

「誰かと逢うんですかね……」

太市は眉をひそめた。

「ああ。氷川と飯を食うだけなら、わざわざ此処迄は来ないだろうな」

由松は読んだ。

「誰ですかね、相手は……」

「うん……」

その相手が、『湊屋』文五郎や氷川恭一郎と岡島左内を結び付ける者なのかもしれない。

由松と太市は、料理屋『沢乃井』を見張った。


秋山家の夕食の座には大助一人が残り、食べ続けていた。

「兄上、いつ迄食べているんですか……」

小春は呆れた。

「煩い……」

「あっ。偉そうに。良いのかな、女の人と歩いていたの、父上や母上に云っても……」

小春は笑った。

「こ、小春……」

大助は、小春が知っているのに戸惑って箸を止めた。

「裏の早苗さまが、兄上が女の人と歩いていたって報せに来たのよ……」

「裏の早苗が、余計な事を……」

「お喋りな早苗さまです。きっと明日は八丁堀中の噂になるわ。どうするのよ」

小春は心配した。

「どうするって、偶々佳奈ちゃんと出逢って一緒に帰って来ただけだ。悪い事している訳じゃあない……」

大助は開き直った。

「何だ、女の人って佳奈さんなの……」

岡島佳奈は、小春とも顔見知りだった。

「ああ……」

大助は頷いた。

「何だ、佳奈さんか、つまんない……」

小春は、台所に立ち去った。

「馬鹿……」

大助は、再び飯を食べ始めた。

「大助……」

香織が奥から戻って来た。

「は、はい……」

大助は、慌てて箸と茶碗を置いた。

「御父上がお呼びですよ」

香織は、厳しい面持ちで告げた。


大助は、父親の久蔵と向かい合った。

「遅いぞ……」

久蔵は、大助を見据えた。

「申し訳ありません。して父上、御用とは……」

大助は、臆せずに久蔵を見詰めた。

「北町奉行所例繰方同心岡島左内の娘佳奈は、何故に浪人を尾行たりしているのだ」

「それは、背の高い浪人が組屋敷を見張っていたので、誰か突き止めようと……」

「尾行たのか……」

久蔵は読んだ。

「はい。そう聞いています」

大助は頷いた。

「ならば何故、背の高い浪人は、岡島屋敷を見張るのだ……」

「そ、それは、分かりません……」

大助は焦った。

「岡島左内は梯子から落ちて怪我をし、寝込んでいるそうだが、それは本当なのか……」

「えっ。そうなんですか。いえ、それは……」

大助は、自分が肝心な事を何も知らないのに気が付き、狼狽えた。

「よし、分かった。岡島左内の組屋敷は、和馬と柳橋のみんなが見張りに付いた。お前はもう拘るな……」

「えっ。ですが父上、佳奈ちゃんが又浪人を尾行たら……」

「和馬と柳橋のみんなが動く……」

「は、はい……」

「良いな大助、お前はもう手を引け……」

久蔵は、大助に厳しく命じた。

「はい……」

大助は項垂れた。

「そして太市が帰る迄、表門の門番所に詰めていろ……」

久蔵は苦笑した。


半刻が過ぎた。

由松と太市は、料理屋『沢乃井』を見張り続けた。

下足番が、町駕籠を呼んで来て店内に声を掛けた。

料理屋『沢乃井』から仲居たちが出て来た。

客が帰る……。

由松と太市は見守った。

羽織袴の中年の武士が、唐物屋『湊屋』文五郎や氷川恭一郎、女将たちに見送られて出て来た。

「由松さん……」

太市は声を弾ませた。

「ああ……」

由松は、小さな笑みを浮かべて頷いた。

羽織袴の中年の武士は、町駕籠に素早く乗り込んだ。

町駕籠は、文五郎や氷川、女将たちに見送られて下谷広小路に向かった。

「どうします……」

「文五郎と氷川は後だ……」

「はい。じゃあ……」

由松と太市は、羽織袴の中年武士の乗った町駕籠を追った。

下谷広小路、明神下の通り、神田川に架かる昌平橋、神田八ツ小路、神田須田町……。

羽織袴の中年武士を乗せた町駕籠は、夜道を進んだ。

「何処に行くんですかね……」

太市は眉をひそめた。

「さあな……」

由松は苦笑した。

町駕籠は、日本橋に向かって進んだ。

太市と由松は追った。


羽織袴の中年武士を乗せた町駕籠は、日本橋を渡って通南一丁目の手前を東に曲がった。そして、楓川に架かっている海賊橋を渡って坂本町から南茅場町に向かった。

「由松さん、此のまま行くと……」

太市は、戸惑いを浮かべた。

「ああ。八丁堀だ……」

由松は、厳しさを滲ませた。

羽織袴の中年武士を乗せた町駕籠は、南茅場町から八丁堀に進んだ。


南茅場町の隣には薬師堂・山王御旅所(おたびしょ)があり、その南と東には八丁堀の組屋敷が連なっている。

羽織袴の中年武士を乗せた町駕籠は、薬師堂・山王御旅所の前を抜けて八丁堀組屋敷街に進んだ。

由松と太市は追った。

羽織袴の中年武士を乗せた町駕籠は、八丁堀組屋敷街を進んで或る屋敷の前で停まった。

町駕籠から羽織袴の中年武士が降り、或る屋敷の表門脇の潜り戸を叩いた。

潜り戸が開き、羽織袴の中年武士は屋敷内に入った。

由松と太市は見届けた。

「構えから見て与力の屋敷か……」

由松は眉をひそめた。

「ええ……」

太市は、喉を鳴らして頷いた。

「此の屋敷の主、誰か分かるか……」

「いいえ。切絵図を見なければ何とも……」

太市は首を捻った。

「そうか。よし、じゃあ今夜は此迄だ。早く帰って秋山さまに御報せするんだな」

「はい……」

太市は頷いた。

秋山屋敷表門脇の潜り戸の傍にある門番所には、明かりが灯されていた。

大助は、書籍を広げたままだらしなく居眠りをしていた。

潜り戸が静かに叩かれた。

大助は、弾かれたように眼を覚ました。

再び潜り戸が叩かれた。

大助は、門番所を出て潜り戸に急いだ。

「何方です……」

「私です……」

太市の声がした。

「今、開けます」

大助は、慌てて猿を外して潜り戸を開けた。

太市が入って来た。

「お帰りなさい……」

大助は、太市を迎えた。

「大助さま。旦那さまは……」

太市は、緊張を滲ませていた。

「太市さんの帰りを待っています。直ぐに取り次ぎます」

大助は奥に走った。

太市は、潜り戸を閉めて猿を掛けた。


久蔵は、大助の報せを受けて香織に酒と夜食を仕度するように命じた。

「御苦労だったな……」

久蔵は、太市を労った。

「いえ……」

「して、何か分かったか……」

「はい。岡島佳奈さまが尾行ていた浪人は氷川恭一郎……」

「氷川恭一郎……」

「はい。素性は未だ良く分かりませんが、神田花房町の唐物屋湊屋の主文五郎に雇われているようです……」

太市は告げた。

「唐物屋の湊屋文五郎か……」

久蔵は眉をひそめた。

「はい。で、文五郎と氷川、不忍池の畔、仁王門前町の料理屋で……」

「誰かと逢ったのだな……」

久蔵は読んだ。

「はい……」

「誰だ……」

「おそらく町奉行所に拘る方かと……」

「何……」

「文五郎と氷川が料理屋で逢ったのは羽織袴の武士で、八丁堀は山王御旅所の隣の屋敷に入って行きました」

太市は告げた。

「八丁堀……」

久蔵は眉をひそめた。

「はい……」

太市は頷いた。

久蔵は、八丁堀の切絵図を出して広げた。

「どの屋敷だ……」

「はい……」

太市は、切絵図の前に膝を進め、山王御旅所の南側にある屋敷を指差した。

「此処です」

「うむ……」

「旦那さま……」

「此の屋敷、北町奉行所例繰方与力の松永内蔵助の屋敷だ……」

久蔵は、厳しい面持ちで告げた。

「北町奉行所の例繰方与力の松永内蔵助さまですか……」

浪人の氷川恭一郎と唐物屋『湊屋』文五郎が料理屋『沢乃井』で逢った相手は、北町奉行所例繰方与力の松永内蔵助だった。

「うむ。例繰方同心の岡島左内の上役だ……」

久蔵は眉をひそめた。

四

北町奉行所例繰方与力の松永内蔵助は、唐物屋『湊屋』文五郎や浪人の氷川恭一郎と深い拘りがあるようだ。そして、氷川恭一郎は、北町奉行所例繰方同心岡島左内の組屋敷を見張ったりしていた。

それは、岡島左内の怪我と拘りあるのかもしれない……。

久蔵は、岡島左内の組屋敷の見張りと唐物屋『湊屋』文五郎と松永内蔵助の拘りを探るように和馬と幸吉に命じた。

和馬と幸吉は、勇次と清吉に岡島屋敷を見張らせ、雲海坊と新八に唐物屋『湊屋』文五郎を探らせ、由松を氷川恭一郎に張り付けた。そして、自分たちは松永内蔵助の身辺を探り始めた。

勇次と清吉は、岡島左内の組屋敷を見張って浪人の氷川恭一郎が現われるのを待った。

唐物屋『湊屋』の文五郎は、手代に唐物を持たせて贔屓客である大身旗本や大店の旦那を訪れていた。

噂通りの商売上手だ……。

雲海坊と新八は文五郎の様子を見張り、その身辺を探った。

「雲海坊さん、面白い噂がありましたよ」

新八は、唐物屋『湊屋』の斜向いの路地に潜んでいる雲海坊の許にやって来た。

「面白い噂……」

「ええ。湊屋文五郎、御禁制の南蛮渡りの毒薬なんかを扱っているって噂ですよ」

新八は囁いた。

「成る程、御禁制の品物を扱っているか、面白い噂だな……」

「はい……」

新八は、緊張した面持ちで頷いた。

「よし。その噂、詳しく探ってみるか……」

雲海坊は苦笑した。

北町奉行所例繰方与力松永内蔵助は、組屋敷と呉服橋御門内の北町奉行所を往復するだけであり、格別変わった様子はない。

和馬と幸吉は、北町奉行所にいる知り合いに松永内蔵助の人柄と仕事振りを尋ねた。

松永内蔵助は、己の仕事を淡々とそつなくこなしていた。

「つまり、切れ者でも愚か者でもない、何処にでもいる役人って奴だな……」

和馬は睨んだ。

「さあて、そいつはどうですかね……」

幸吉は苦笑した。

「幸吉、何か摑んだのか……」

和馬は睨んだ。

「和馬の旦那、松永内蔵助さま、好事家(こうずか)だって噂がありましたよ」

「好事家……」

和馬は眉をひそめた。

「ええ。何でも唐天竺や南蛮渡りの変わった品物を集めているとか……」

「唐天竺や南蛮渡りの品物、唐物か……」

「ええ。湊屋文五郎とはその辺りで繋がったのかも……」

幸吉は読んだ。

「うん。仕事は淡々とこなす男でも好事家で唐物となると人が変わるか……」

「ええ。違いますかね……」

「松永内蔵助、北町奉行所では見せない顔を持っているのかもしれないな……」

和馬は頷いた。


浪人の氷川恭一郎は、神田明神門前町にある一膳飯屋の家作で暮らしていた。

由松は、一膳飯屋の裏にある氷川の住む家作を見張った。

昼が過ぎた頃、氷川が家作から出て来た。

由松は、氷川を尾行た。

花房町の唐物屋湊屋に行くのか……。

由松は、氷川の行き先を読んだ。

氷川は、神田川沿いの道を唐物屋『湊屋』のある花房町に向かわず、昌平橋を渡って神田八ツ小路から神田須田町に向かった。

まさか……。

由松は、氷川の行き先を読んで緊張した。

八丁堀亀島町の堀端の岡島屋敷に変わりはなかった。

勇次と清吉は、地蔵橋の袂から岡島屋敷を見張った。

岡島屋敷に訪れる者はなく、娘の佳奈が時々買い物などに出掛けるだけだった。

「背の高い浪人の氷川恭一郎、現われませんね……」

清吉は、通りを眺めた。

「うん……」

「どうします」

清吉は、苛立ちを滲ませた。

「清吉、待つのも仕事の内だぜ」

勇次は、厳しく告げた。

「は、はい……」

清吉は項垂れた。

「清吉……」

勇次は、清吉を地蔵橋の袂の近くにある組屋敷の陰に押込んだ。

「えっ……」

清吉は驚いた。

「見てみろ……」

勇次が一方を示した。

背の高い浪人がやって来た。

氷川恭一郎だ……。

「勇次の兄貴……」

「ああ。現われたぜ、氷川恭一郎……」

勇次は、十手を握り締めた。

氷川は、油断なく辺りを窺いながら地蔵橋に近付いて来た。

勇次と清吉は見守った。

氷川は、地蔵橋の手前を曲がり、堀割沿いの岡島屋敷に向かった。

由松が、氷川を追って現われた。

「勇次の兄貴、由松さんです……」

清吉が気が付いた。

「ああ……」

勇次は、微かな安堵を覚えた。

由松は、勇次と清吉に気が付き、頷いて見せた。

氷川は、岡島屋敷の様子を窺った。そして、廻された板塀の木戸門を開け、岡島屋敷に踏み込んだ。

勇次、清吉、由松は、一斉に岡島屋敷に走った。

岡島屋敷から物音がした。

勇次、清吉、由松は、岡島屋敷に踏み込んだ。


佳奈は懐剣を抜き、蒲団に半身を起こして刀を握っている岡島を庇っていた。

庭先には、浪人の氷川恭一郎が冷酷な笑みを浮かべて佇んでいた。

「な、何用です、狼藉は許しませんぞ」

佳奈は、声を震わせた。

「最早、死んで貰うのが一番となってな……」

氷川は告げた。

「頼む。儂はどうなっても良い。娘は、娘だけは助けてくれ」

岡島は、氷川に頭を下げて頼んだ。

「お止め下さい、父上……」

佳奈は、悔しげに左内を制した。

「そうだ。無駄な真似だ。小賢しく尾行廻してくれたお陰で妙な奴らが彷徨き始めた。その報いを受けて貰う……」

氷川は、佳奈を冷たく見据えて刀を抜き払った。

岡島と佳奈は、身を寄せ合って身構えた。

「死ね……」

氷川は、刀を八双に構えた。

刹那、庭先に現われた由松が鉤縄を放った。

鉤縄は、氷川の刀を握る腕に巻き付いた。

由松は鉤縄を引いた。

氷川は体勢を崩した。

勇次は十手、清吉は鎖打棒を翳して氷川に襲い掛かった。

氷川は、勇次と清吉の攻撃を躱し、由松の鉤縄を切った。

清吉は、呼び子笛を吹き鳴らした。

「おのれ……」

氷川は、身を翻して逃げた。

由松、勇次、清吉は追った。


氷川恭一郎は、岡島屋敷を飛び出して堀端沿いを地蔵橋に走った。

地蔵橋の袂に久蔵が佇んでいた。

氷川は、蹈鞴（たたら）を踏んで立ち止まった。

久蔵は笑った。

氷川は、後退りして背後を振り返った。

由松、勇次、清吉が、岡島屋敷から現われて背後を塞いだ。

「秋山さま……」

勇次は、安堵を含んだ声で叫んだ。

「秋山……」

氷川は怯んだ。

「氷川恭一郎だな……」

久蔵は、氷川を厳しく見据えた。

氷川は、慌てて刀を構えた。

久蔵は、氷川に向かって無雑作に踏み出した。

氷川は、猛然と久蔵に斬り掛かった。

久蔵は、刀を抜き打ちに放った。

刃の咬み合う音が鳴った。

氷川は刀を弾かれ、体勢を崩してよろめいた。

久蔵は踏み込み、刀を鋭く一閃した。

氷川の刀が飛ばされ、煌めきながら堀割に落ちて水飛沫(みずしぶき)をあげた。

氷川は狼狽え、逃げようとした。

久蔵は刀を閃(ひらめ)かせた。

氷川は、利き腕の肩を斬られ、血を飛ばして倒れた。

勇次と清吉は、倒れた氷川に飛び掛かって十手と鎖打棒で激しく殴り付けて捕り縄を打った。

「秋山さま……」

由松は、久蔵に駆け寄った。

「氷川恭一郎、岡島父娘を殺しに来たか……」

久蔵は読んだ。

「はい。どうにか食い止めました……」

「良くやった。よし、氷川を大番屋に叩き込みな……」

久蔵は命じた。


「大丈夫ですか、父上……」

佳奈は、岡島の身を案じた。

「大丈夫だ。佳奈、お前、今の浪人を尾行廻したのか……」

「は、はい。それより何故、奴らは父上のお命を……」

佳奈は訊いた。

「そ、それは……」

岡島は口籠もった。

「そいつは俺も聞きたいな……」

久蔵が庭先に現われた。

「貴方さまは……」

佳奈は、久蔵に探るような眼を向けた。

「私は南町奉行所の秋山久蔵だ……」

久蔵は告げた。

「南町の秋山さま、大助ちゃんの……」

佳奈は、久蔵が何者か知った。

「ああ。大助の親父だ。浪人の氷川恭一郎はお縄にして大番屋に叩き込んだよ」

久蔵は苦笑した。

「秋山さま、北町奉行所例繰方同心の岡島左内にございます。お助け戴きまして忝うございました」

岡島は、助けてくれた三人の者が久蔵の配下だと気が付き、頭を下げて礼を述べた。

佳奈が続いた。

「礼には及ばない。それより岡島左内、何故に命を狙われたのか、分かっているなら教えて貰おうか……」

久蔵は、縁側に腰掛けた。

「はい……」

岡島は、覚悟を決めたように頷いた。

「そいつには、唐物屋の湊屋文五郎と例繰方与力の松永内蔵助が絡んでいるのだな……」

　久蔵は読んだ。

「左様にございます……」

「よし。仔細を話してくれ」

「過日、私は松永さまから或る罪人の罪科を御仕置裁許帳と照らし合わせてくれと頼まれ、照らし合わせの結果を伝えに松永さまの用部屋に参りました。その時、用部屋に湊屋文五郎が訪れ、松永さまに紅玉（ルビイ）や青玉（サファイア）などの宝石を見せていたのです」

「紅玉や青玉……」

　久蔵は眉をひそめた。

「はい。紅玉や青玉の首飾りや指輪などの御禁制品にございました」

「そうか、湊屋文五郎、御禁制品を松永内蔵助に献上し、松永は何かと便宜を計っているのか……」

「おそらく。そして、献上された御禁制の品々はそれだけではないでしょう」

　岡島は睨んだ。

「うむ。で、御禁制の紅玉や青玉を見られた松永と文五郎は、おぬしを秘かに闇に葬って口を封じようとしたか……」

久蔵は読んだ。

「はい。その日、松永さまに調べ事を命じられ、帰りが夜遅くなり、地蔵橋の袂で先程の浪人に襲われ、腰から太股に掛けて斬られましたが、辛うじて屋敷に逃げ込みました」

岡島が和馬に告げた梯子から落ちての傷は、氷川恭一郎に斬られたものだった。

「それからも、あの浪人が屋敷の周りを彷徨いて。それで私……」

佳奈は、躊躇いがちに告げた。

「名前や素性を突き止めようと、浪人を尾行廻したか……」

久蔵は苦笑した。

「はい。そして、危ない時に……」

「折良く、大助が行き合わせたか……」

「はい。大助ちゃんのお陰で助かりました」

佳奈は、嬉しげに告げた。

「そいつは良かった。大助も役に立ったようだな」

「はい……」

「よし。岡島左内、事の次第は良く分かった。後の始末は任せて貰おう」

久蔵は、不敵な笑みを浮かべた。

神田花房町の唐物屋『湊屋』は、いつもと変わらぬ商いをしていた。

雲海坊と新八は見張っていた。

久蔵がやって来た。

「雲海坊さん、秋山さまです……」

新八は、筋違御門からやって来る久蔵に気が付いた。

「どうやら潮時のようだな……」

雲海坊は、笑みを浮かべて久蔵を迎えた。

「やあ、雲海坊、新八、文五郎はいるか……」

久蔵は笑い掛けた。

「はい……」

雲海坊は頷いた。

「よし。一緒に来てくれ……」

「心得ました」

　雲海坊と新八は、唐物屋『湊屋』に向かう久蔵に続いた。


「お待たせ致しました。湊屋文五郎にございます」

　主の文五郎は、怪訝な面持ちで框に腰掛けている久蔵の前に出て来た。

「お前が旦那の文五郎か……」

「えっ、はい。左様でございますが……」

「南蛮渡りの紅玉と青玉を見せて貰おうか……」

「えっ。御武家さま、紅玉と青玉は御禁制の品。手前共では扱っておりませんが……」

　文五郎は、緊張と不安を滲ませた。

「そうか。ならば、松永内蔵助に見せて貰うか……」

「お、御武家さまは……」

「松永内蔵助と同じ町奉行所与力の秋山久蔵って者だぜ……」

　久蔵は、文五郎に笑い掛けた。

　刹那、文五郎は店の奥に逃げようとした。

　雲海坊が、素早く錫杖を差し出した。

文五郎は、錫杖に足を引っ掛けて前のめりに倒れた。

新八が飛び掛かり、捕り縄を打った。

番頭を始めとした奉公人たちは、言葉もなく立ち竦んでいた。

「文五郎、浪人の氷川恭一郎は既に大番屋に叩き込んだ。神妙にしな……」

久蔵は、縄を打たれた文五郎に笑い掛けた。

文五郎は項垂れた。


申の刻七つ(午後四時)。

北町奉行所の与力同心の退出の時が訪れた。

例繰方与力の松永内蔵助は、北町奉行所を出て外濠に架かっている呉服橋御門を渡り、日本橋の通りに向かった。

和馬と幸吉は、呉服橋御門の袂で見送った。

「真っ直ぐお屋敷に帰るようですね」

幸吉は読んだ。

「ああ。尾行るぜ……」

和馬は、幸吉と共に松永を追った。

松永内蔵助は、日本橋の通りを横切って尚も進み、楓川に架かっている海賊橋を渡った。

和馬と幸吉は追った。

退出時、同心と岡っ引が八丁堀に向かっていても不思議はない。

和馬と幸吉は、姿を晒して追った。

松永は、坂本町から薬師堂・山王御旅所に出た。

薬師堂・山王御旅所の前に久蔵が佇んでいた。

松永は、久蔵に気が付いて立ち止まった。

「やあ……」

久蔵は、松永に笑い掛けた。

「おぬし、確か……」

松永は眉をひそめた。

「ああ、南町の秋山久蔵だ……」

「その秋山どのが、私に用か……」

「ああ。松永どのに報せる事があってな……」

「報せる事……」

松永は、戸惑いを浮かべた。

「唐物屋の湊屋文五郎と浪人の氷川恭一郎をお縄にして大番屋に叩き込んだ……」

久蔵は、松永を見据えて告げた。

「湊屋文五郎を……」

松永は、激しく狼狽えた。

「ああ。厳しい詮議は明日からだ。それ迄に始末するものは、始末するのだな……」

久蔵は、冷ややかに告げて踵(きびす)を返した。

松永は、呆然と立ち尽した。

和馬と幸吉は、物陰から見守った。


その日の夜、北町奉行所例繰方与力の松永内蔵助は腹を切って果てた。

久蔵は、和馬から報せを受けて知った。

此で良い……。

久蔵は、酒を飲んだ。

苦い酒だ……。

久蔵は、事件を天下に晒した。

御家人松永家は家禄を大きく減知され、文五郎と氷川恭一郎は死罪とされ、唐物屋『湊屋』は取り潰しになった。

岡島左内は、傷も癒えて北町奉行所例繰方同心に復帰した。

その後、大助が岡島佳奈と逢う事は滅多になかった。

第三話

小糠雨

一

小糠雨（こぬかあめ）は昼過ぎに降り始めた。

通りを行き交う人々は、降り始めた小糠雨を恨めしそうに一瞥して足取りを速めた。

小糠雨は舞った。

申の刻七つ（午後四時）、南町奉行所は与力同心の退出の時を迎えた。

久蔵は、太市の持って来た半合羽を着て高下駄を履き、傘を差して南町奉行所を出た。

太市は、赤合羽と呼ばれるベンガラ染桐油合羽を着て笠を被って続いた。

小糠雨は傘を濡らした。

外濠の水面には、小糠雨が小さな波紋を重ねていた。

久蔵は、太市を従えて外濠に架かっている数寄屋橋御門を渡り、堀端を北に進んだ。

小糠雨は降り続いた。

久蔵は、京橋川に架かっている比丘尼橋の手前を東に曲がった。そして、京橋川沿いを進んで京橋に出た。

京橋を渡った久蔵は、東に曲がって竹河岸に向かおうとした。

竹河岸から楓川に架かる弾正橋を渡ると八丁堀であり、岡崎町に秋山屋敷があった。

久蔵は立ち止まった。

太市は、立ち止まった久蔵の視線の先を怪訝に窺った。

久蔵は、竹河岸に曲がる辻、南伝馬町三丁目にある呉服屋の店先を見詰めていた。

　呉服屋の店先では、年増が風呂敷包みを抱えて降り続く小糠雨を見上げ、青い蛇の目傘を開こうとしていた。

「旦那さま……」

　太市は、久蔵に声を掛けた。

「太市、あの青い蛇の目傘の年増の行き先を突き止めてくれ……」

　久蔵は、青い蛇の目傘を差して京橋に向かう年増を示した。

「心得ました。じゃあ……」

　太市は頷き、青い蛇の目傘の年増を追った。

　青い蛇の目傘の年増は、京橋を渡って行った。

　太市は続いた。

　久蔵は見送った。

　小糠雨は、舞うように降り続けた。

　青い蛇の目傘を差した年増は、京橋川沿いから三十間堀に架かっている真福寺橋を渡り、足早に南八丁堀に進んだ。

太市は追った。

小糠雨の降り続く八丁堀には、江戸湊に停泊した千石船の荷を積んだ艀が行き交っていた。

青い蛇の目傘の年増は、八丁堀沿いを足早に進んだ。

潮騒が聞こえ、潮の香りが漂い始めた。

江戸湊は近い。

青い蛇の目傘の年増は、鉄砲洲波除稲荷の横を通り抜けて本湊町に入った。

本湊町は海辺にあった。

青い蛇の目傘の年増は、本湊町の裏通りを進んで古い長屋の木戸を潜った。

太市は、古い長屋の木戸に走った。そして、古い長屋を窺った。

古い長屋に年増の姿はなかった。

遅かった……。

年増は既に家に入ったのだ。

どの家だ……。

太市は焦り、古い長屋の家々を見廻した。

濡れた青い蛇の目傘が畳まれ、一軒の家の戸口の脇に立て掛けられていた。

年増が入った家……。

太市は見定めた。

年増の名前と素性だ……。

太市は、本湊町の自身番に向かった。

小糠雨は降り続けた。


秋山屋敷に帰った久蔵は、香織の介添えで着替えて茶を飲んだ。

「良く降りますね……」

香織は、庭に降り続ける小糠雨を眺めた。

「うむ……」

久蔵は、庭に降る小糠雨を眺めた。


小糠雨は、刀を構えて対峙する久蔵と神尾慎之介を濡らした。

神尾慎之介は、大身旗本土屋行部の家来であり、久蔵に悪行を追及されている主に闇討を命じられての事だった。

神尾は、刃風を鳴らして鋭く久蔵に斬り掛かった。
久蔵は斬り結んだ。
神尾は、神道無念流の遣い手であり、久蔵と互角に斬り合った。
濡れた砂利が弾け飛び、小糠雨が斬り裂かれて乱れ舞った。
久蔵と神尾は、濡れた刀を鈍色に輝かせて交錯した。
残心の構えを取った久蔵の片袖が斬り裂かれ、腕から血が流れた。
そして、神尾は薄笑いを浮かべ、残心の構えを取ったまま横倒しに斃れた。
久蔵は、残心の構えを解いて刀を振った。
鋒から小糠雨混じりの血が飛んだ。
神尾は、小糠雨に濡れた。
久蔵は刀に拭いを掛けて鞘に納め、小糠雨に濡れている神尾に手を合わせた。
小糠雨は降り続いた。

五年前の事だ……。

「神尾慎之介……」
久蔵は、降り続く小糠雨を見ながら神尾慎之介を思い出して呟いた。

「何か……」

香織は、呟く久蔵に怪訝な眼を向けていた。

「う、うむ。何でもない……」

久蔵は茶を飲んだ。

「して太市は、旦那さまの御用で他に廻ったのですね」

「うむ……」

「分かりました。では、お風呂の仕度が整いましたら御報せ致します」

香織は、久蔵の許から立ち去った。

久蔵は、茶を飲みながら庭に舞い降る小糠雨を眺めた。


本湊町の海岸には、江戸湊の波が寄せては返していた。

太市は、本湊町の自身番を訪れた。そして、裏通りにある古長屋が『お稲荷長屋』であり、青い蛇の目傘の年増が〝神尾静乃〟と云う名だと知った。

武家の出か……。

太市は読んだ。

静乃は、六歳になる倅の慎太郎と二人暮らしであり、飾り結び作りを生業にしていた。

飾り結びには、総角結び、胡蝶結び、けまん結び、花結びなどの種類があり、几帳、御簾、厨子、手箱、経典などの調度品や茶之湯の道具、帯や羽織の紐、被布飾りに使われた。

太市は、自身番の家主や店番に南町奉行所吟味方与力秋山久蔵の手の者だと名乗り、神尾静乃について聞き込んだ。そして、自分が聞いた事を呉々も口外しないように頼み、自身番を出た。

小糠雨は止んでいた。

太市は、八丁堀の秋山屋敷に帰る前にお稲荷長屋に廻った。

小糠雨の止んだお稲荷長屋では、おかみさん連中が井戸端で慌ただしく夕食の仕度をしていた。

太市は、木戸から見守った。

おかみさんたちの中には静乃もおり、楽しげにお喋りをしていた。

静乃は、〝お静さん〟と呼ばれ、武家の出に拘らずにおかみさんたちと気軽に接していた。

六歳程の男の子が、木戸の傍にいる太市の傍を駆け抜けて長屋に入って行った。

「お母ちゃん……」

男の子は、井戸端の静乃に駆け寄った。

「お帰り、慎太郎。今日は良い子でお師匠さまの云う事を聞きましたか……」

静乃は、慎太郎と呼んだ男の子に笑い掛けた。

「うん。手習いも算盤(そろばん)もお師匠さまの云う通りちゃんとやったよ。だから腹減った」

慎太郎は、元気良く叫んだ。

「慎ちゃん、そりゃあ大変だ」

おかみさんたちが笑った。

「はいはい。じゃあ……」

静乃は苦笑し、おかみさんたちに会釈をして慎太郎を連れて家に入って行った。

太市は、木戸を離れた。

久蔵は、酒を飲みながら太市の報せを聞いた。

「そうか。御苦労だった」

久蔵は、太市を労って徳利を向けた。

「畏れ入ります」

太市は、久蔵の酌を受けて酒を飲んだ。

「やはり、神尾静乃だったか……」

「はい。五年前、旦那さまに闇討を仕掛けた神尾慎之介の……」

「うむ。して、静乃は六歳程の慎太郎って倅と二人で暮らしているのだな」

「はい。静乃さまは長屋のおかみさんたちにお静さんと呼ばれ、町方の者として暮らしているようです」

太市は、久蔵に酌をした。

「町方の者としてか……」

「はい。私にはそう見えました……」

太市は、手酌で酒を飲んだ。

「そうか。町方の者としてな……」

愚か者でも主ならば、その命に従うのが武士の定めだ。そして、虚しく滅び去る事になっても主を憎み、恨む事は出来ない。

理不尽なものだ……。

静乃は、夫の神尾慎之介の死に様に虚しさと愚かさを覚えたのかもしれない。

そして、自分と悴慎太郎は町方の者として自由に生きると決め、大身旗本の土屋家を出たのかもしれない。

久蔵は、静乃の腹の内を読んだ。

小糠雨は再び降り始めた。

「雨、又降り始めましたね」

太市は、暗い庭に降る小糠雨に気が付いた。

「ああ……」

久蔵は、夜の小糠雨を眺めた。

小糠雨は降り続いた。

外濠、牛込御門は小糠雨に烟った。

濡れた神楽坂には、駕籠舁の声がして揺れる提灯の明かりが映えた。

町駕籠が小田原提灯を揺らし、薬籠を持った赤合羽姿の医生を従えて神楽坂を上がって来た。

「来た……」

暗がりに潜んだ三人の侍は、神楽坂を上がって来る町駕籠を認め、手早く覆面を被った。

若い侍は、顔を強張らせて震え、覆面を上手く被れなかった。

「どうした純一郎(じゅんいちろう)、大丈夫か……」

大柄な侍が嘲笑(あざわら)った。

「は、はい。大丈夫です」

純一郎と呼ばれた若い侍は、震える手で覆面を被った。

小糠雨は、神楽坂を濡らして流れた。

町駕籠と医生は、神楽坂を上がり切ろうとした。

刹那、暗がりから覆面をした二人の侍が現われ、刀を抜いて町駕籠に襲い掛かった。

純一郎は、震える手で刀の柄を握り締めて立ち尽した。

駕籠舁は、町駕籠を放り出して逃げた。

小田原提灯が地面に落ち、燃え上がった。

「先生、だ、誰か……」

医生は叫ぼうとした。

痩せた覆面の武士が、叫ぼうとした医生を遮るように斬った。

医生は、袈裟懸けに斬られ、血を飛ばして倒れた。

大柄な覆面の侍は、町駕籠の垂れを跳ね上げた。

肥った町医者は、激しく震えながら町駕籠から逃れようとした。

大柄な覆面の侍は、肥った町医者を引き摺り戻して心の臓に刀を突き刺した。

肥った町医者は、悲鳴を上げて大きく仰け反り斃れた。

大柄な覆面の侍は、死んだ肥った町医者の懐から袱紗に包んだ切り餅二つと財布を奪った。

「よし。退きあげるぞ」

二人の覆面の侍は、肥った町医者と医生に止めを刺して小糠雨の奥に走った。

純一郎は慌てて続いた。

提灯は燃え続けた。

坂の上には町駕籠と町医者と医生の死体が残された。

町医者と医生の死体から溢れた血は、小糠雨と共に神楽坂を流れた。

小糠雨は夜半に止んだ。

外濠は朝陽に輝いた。

南町奉行所定町廻り同心の神崎和馬は、迎えに来た手先の新八に誘われて濡れた神楽坂を上がった。

神楽坂を上がった処に肴町があり、自身番の裏手に町医者と医生の死体が並べられていた。

「お早うございます……」

柳橋の幸吉が迎えた。

「やあ。早くから御苦労だな。で、仏さんかい……」

和馬は、筵を掛けられた町医者と医生の死体を示した。

「はい……」

幸吉は、筵を捲った。

和馬は、町医者と医生の死体に手を合わせて傷を検めた。

「袈裟懸けの一太刀と心の臓を一突きか……」

和馬は検めた。

「はい。逃げた駕籠舁の話では、覆面をした三人の侍だそうです」

「覆面をした三人の侍か……」

「ええ。で、財布を奪われたようです」

「財布を……」

「はい。金が狙いの所業ですかね」

「そいつはどうかな。行き掛けの駄賃ってのもあるぜ」

「成る程、何れにしろ手慣れた奴らの仕業ですかね」

幸吉は読んだ。

「きっとな。して柳橋の、仏さんたちは町医者と医生のようだが、名前や身許は分かったのかい……」

和馬は訊いた。

「はい。肴町に住む町医者の南原洪庵（なんばらこうあん）先生と医生の前川宗助（まえかわそうすけ）さんです」

幸吉は告げた。

「医生の前川はともかく、南原洪庵に遺恨を持つ奴かな……」

和馬は読んだ。

「その辺りは今、勇次と清吉が洪庵先生のお内儀（かみ）さんに聞き込んでいます」

「そうか。して、南原洪庵、昨夜は何処に往診に行った帰りだったのだ」

「はい。駕籠舁の話では、水道橋は御茶の水で町駕籠に乗せたそうでしてね。洪庵先生たちは、さいかち坂の旗本屋敷の方から来たとか……」

幸吉は、駕籠舁の話を告げた。

「となると、さいかち坂辺りの旗本屋敷に往診した帰りとなるな……」

和馬は睨んだ。

「きっと……」

幸吉は、厳しい顔で頷いた。

「旗本が誰かは……」

「そいつが、医生の前川宗助さんが取り次いで往診に行ったそうで、お内儀さんは何処に行ったかは分からないそうです」

「そうか、往診先は分からないか……」

「はい……」

「親分、和馬の旦那……」

勇次と清吉が駆け寄って来た。

「どうだ。洪庵先生を恨んでいた者はいたかい……」

「そいつが親分、洪庵先生、余り評判は良くありませんでしてね」

勇次は眉をひそめた。

「評判が良くない……」

「はい。金持ち優先の往診をしましてね。貧乏人は薬代が払えぬ限り、死に掛けていても診察はしないとか……」

勇次は、腹立たしげに告げた。

「ほう。南原洪庵、そんな医者なのか……」

和馬は驚いた。

「はい。それで子供や年寄りが手遅れになったってのもありましてね。洪庵を恨んでいる者は多いようですぜ」

勇次は告げた。

「そうか、恨んでいる者は多いか……」

和馬は眉をひそめた。

「その辺りですかね……」

「いや。薬代が払えなくて身内を死なせた者が、侍を三人も金で雇って待ち伏せをさせるなんてのは無理だろうな」

和馬は首を捻った。

「そうですねえ。となると、やはりさいかち坂の旗本ですか……」

「おそらくな。ま、恨みの睨みも棄てきれないが、往診に呼んで帰りを待ち伏せして襲った。そいつが一番筋が通るな……」

「ええ。よし、勇次と新八は、引き続いて洪庵先生を恨んでいる者を洗ってくれ」

「承知……」

勇次と新八は頷いた。

「俺と清吉は、御茶の水はさいかち坂辺りの旗本に洪庵先生の患者がいないか調べてみるぜ……」

幸吉は決めた。

「町医者の南原洪庵殺しか……」

久蔵は、和馬から新たな殺人事件の報告を受けた。

「はい。今、柳橋が恨んでいる者の洗い出しと、御茶の水はさいかち坂辺りの旗本に洪庵の患者がいないか調べています」

和馬は告げた。

「うむ。それで良いが、三人の侍が待ち伏せをしたとなると、旗本かな……」

久蔵は読んだ。

「はい……」

和馬は頷いた。

「して和馬、町医者の洪庵、御茶の水はさいかち坂辺りの旗本の屋敷に往診したのだな」

久蔵は訊き返した。

「はい。それが何か……」

和馬は、久蔵に怪訝な眼を向けた。

「うむ。御茶の水のさいかち坂、何処かで聞いた覚えがあってな……」

久蔵は眉をひそめた。

二

神田川の流れは煌めいていた。

幸吉は、清吉を連れて水道橋を渡り、神田川南岸の道を東に進んだ。

北側に神田川が流れ、南側には旗本屋敷が広がっていた。

幸吉と清吉は進んだ。

やがて、神田川に架かっている御茶の水の懸樋(かけひ)の処にやって来た。

「此の辺ですかね。洪庵先生が町駕籠に乗ったのは……」

清吉は、辺りを見廻した。

「きっとな。で、洪庵先生たちはさいかち坂からやって来たか……」

幸吉は、御茶の水の懸樋の先のさいかち坂に進んだ。


幸吉は立ち止まり、南側に連なっている旗本屋敷を眺めた。

旗本屋敷街に人通りは少なく、静寂に覆われていた。

「此の辺の屋敷ですかね、往診に来たの……」

清吉は、旗本屋敷街を眺めた。

「よし。じゃあ、夜中に医者に往診して貰う程の病人がいる屋敷があるかどうか、その辺から探りを入れてみるか……」

幸吉は、旗本屋敷の中間小者、出入りの商人たちに聞き込みを掛ける事にした。

「はい。じゃあ……」

清吉は頷き、甍を連ねる旗本屋敷街に駆け去った。

幸吉は見送り、静けさに包まれている旗本屋敷街を眺めた。

旗本屋敷街の聞き込みは面倒だ……。

幸吉は、吐息を洩らした。

旗本屋敷の一軒から若い侍が出て来た。

若い侍は、出て来た旗本屋敷を振り返って哀しげな面持ちで眺め、思い切るように通りを南に向かって歩き出した。

幸吉は見送った。

哀しげな顔をしていた……。

奉公先の旗本屋敷で辛い事でもあったのかもしれない。

すまじきものは宮仕えか……。

幸吉は、若い侍を見送った。

風呂敷包みを抱えた小者が、旗本屋敷街の通りをやって来た。

「ちょいとお尋ねしますが……」

幸吉は、小者に駆け寄った。


南町奉行所には様々な者が出入りしていた。

和馬は、久蔵への報告を終えて奉行所を出て表門に向かった。

表門の外には外濠があり、数寄屋橋御門がある。

「神崎さま……」

老門番の茂平が近寄って来た。

「なんだい、茂平さん……」

和馬は立ち止まった。

「ちょいと……」

茂平は、和馬を表門脇の潜り戸に誘った。


「あの堀端に……」

茂平は、表門前の外濠の堀端を指差した。

堀端に若い侍が佇んでいた。

「あの若い侍がどうかしたのか……」

和馬は、若い侍と老門番の茂平を見較べた。

「かれこれ半刻、ああしているんですよ」

茂平は、白髪眉をひそめた。

「半刻も……」

和馬は、戸惑いを浮かべた。

「ええ。何か用があって来たのに、踏ん切りがつかないって処ですかね」

茂平は読んだ。

「うん。茂平さん、ちょいと声を掛けてみてくれないか……」

「出方を見ますか……」

茂平は、和馬の腹の内を読んで笑った。

「ああ……」

和馬は苦笑した。

「じゃあ……」

茂平は、堀端に佇んでいる若い侍に向かった。

和馬は見守った。


若い侍は、思い詰めた顔で南町奉行所の表門を見ていた。

「お侍、南町奉行所に何か用ですかい……」

茂平は、若い侍に笑い掛けた。

「えっ。あ、秋山さまは……」

「秋山さま……」

茂平は、白髪眉をひそめた。

「いや。何でもない……」

若い侍は慌てて言葉を濁して身を翻し、足早に数寄屋橋御門に向かった。

「お、お侍……」

茂平は戸惑った。

「どうした。茂平さん……」

和馬は、茂平に駆け寄った。

「あの若い侍、秋山さまに用があって来たようだけど、急に……」

「秋山さまに……」

「ああ……」

「よし。茂平さん、羽織を頼む……」

和馬は、巻羽織(まきばおり)を脱いで茂平に渡し、若い侍を追って数寄屋橋御門に急いだ。

和馬は、外濠に架かっている数寄屋橋御門を駆け渡った。

若い侍は、外濠の堀端を北、比丘尼橋に向かって足早に進んでいた。

よし……。

和馬は、尾行る事にした。

秋山さまに何用があって来たのだ……。

慌てて立ち去ったのは何故だ……。

若い侍の名と素性、そして久蔵との拘りを突き止める。

和馬は、足早に行く若い侍を追った。


幸吉と清吉は、さいかち坂周辺の旗本屋敷に病人がいるかどうか調べた。

「ありませんねえ。病人のいる屋敷……」

清吉は、吐息混じりに告げた。

「ああ……」

幸吉は頷いた。

二人の聞き込みの前に、夜中に往診を頼むような病人のいる旗本屋敷は浮かばなかった。

「となると、急な病を装って洪庵先生に往診を頼んだのかもしれませんね」

清吉は読んだ。

「それとも、洪庵先生と元々知り合いの旗本なのかもな……」

幸吉も読んだ。

未だ未だ探る手立てはある……。

幸吉は苦笑した。


勇次と新八は、町医者南原洪庵を恨んでいる者を捜し続けた。

洪庵を憎み、恨んでいる者は貧乏人が多く、闇討を企む暇も金もなかった。そして、ひょっとしたらと疑った浪人は、洪庵が殺された時に居酒屋で安酒を飲んでおり、大勢の人が見ていた。

「恨んで殺したくても、殺せない者たちばかりですか……」

新八は、声に疲れを滲ませた。

「ああ……」

勇次は頷いた。

「勇次の兄貴、やっぱりこっちじゃあないんじゃありませんか……」

「往診に行ったさいかち坂辺りの旗本か……」

「ええ……」

「俺もそう思うが、もう少しこっちを調べてみるぜ」

勇次は苦笑した。


比丘尼橋から京橋の南詰を抜け、三十間堀に架かる真福寺橋を渡り、南八丁堀を東に進む……。

若い侍は、悄然とした足取りで八丁堀沿いの道を進んだ。

何処に行くのだ……。

久蔵とどんな拘りがあるのだ……。

和馬は追った。

潮の香りが漂い始めた。

若い侍は進み、和馬は追った。

鉄砲洲波除稲荷が行く手に見えた。

若い侍は、鉄砲洲波除稲荷の傍を抜けて本湊町に進んだ。

和馬は続いた。

潮騒が響き、鷗が煩く鳴きながら飛び交っていた。

若い侍は、本湊町の裏通りに進んだ。そして、古い長屋の木戸を入った。

和馬は、古い長屋の木戸に駆け寄った。

若い侍は、古い長屋の一軒の家の腰高障子の前に佇んでいた。

家の腰高障子が開き、年増が顔を出した。

若い侍は頭を下げた。

年増は戸惑いながらも言葉を交わし、若い侍を家に招き入れた。

和馬は見届けた。

若い侍は、本湊町の裏長屋に住んでいる年増を訪れた。

年増は何者なのだ……。

和馬は、辺りを見廻して自身番に向かった。


旗本屋敷から二人の家来が出て来た。

二人の家来は、辺りを見廻して幸吉に気が付いた。

「おい……」

大柄な家来は、幸吉を呼び止めた。

「はい、何か……」

幸吉は、腰を低くして迎えた。

「若い侍を見なかったか……」

「若い侍……」

「ああ、気の弱そうな奴だ……」

随分前に出掛けて行った若い侍……。

幸吉は気が付いた。

「どうだ。見掛けなかったか……」

大柄な家来は、居丈高に訊いた。

「さあ、そのような若いお侍さまは、存じませんが……」

幸吉は惚けた。

「そうか……」

「純一郎の奴……」

「捜すしかあるまい」

「面倒を掛けおって……」

大柄な家来たちは、腹立たしげに捜しに行った。

若い侍の名は純一郎……。

幸吉は知り、二人の家来の出て来た旗本屋敷が気になった。

斜向いの旗本屋敷から老下男が現われ、表門前の掃除を始めた。

幸吉は駆け寄った。

「お忙しい処、お尋ね致しますが、あのお屋敷は神崎和馬さまの……」

幸吉は、和馬の名前を出して斜向いの屋敷を指差した。

「いいえ。あのお屋敷は神崎和馬さまではなく、土屋監物さまのお屋敷ですよ」

老下男は、笑みを浮かべて教えてくれた。

「そうですか、土屋監物さまのお屋敷でしたか。御造作をお掛けしました」

幸吉は、老下男に礼を云ってその場を離れた。

土屋監物……。

何処かで聞いた名前だった。

幸吉は、土屋監物の屋敷を厳しい面持ちで眺めた。

申の刻七つ（午後四時）、町奉行所の同心与力の退出の刻限が近付いた。

久蔵は、筆を置いて書類などを片付け始めた。

「秋山さま……」

和馬が、久蔵の用部屋にやって来た。

「おう。ま、入れ……」

久蔵は、和馬を用部屋に招いた。

「はい、お邪魔します」

和馬は、久蔵の背後に座った。

「どうした……」

久蔵は、和馬に振り返った。

「はい。今日、南町奉行所に若い侍が秋山さまに逢いに来たようです……」

「若い侍が俺に……」

久蔵は、和馬に怪訝な眼を向けた。

「はい。ですが、逢うのを止めて立ち去ったので追ってみました」

「うむ。して……」

「若い侍は、本湊町の裏通りにあるお稲荷長屋の家を訪れました」

「本湊町のお稲荷長屋……」

久蔵は、戸惑いを浮かべた。

「で、本湊町の自身番に行きましてね」

和馬は、久蔵を見詰めた。

「昨日、太市が行ったのを聞いたか……」

久蔵は、小さな笑みを浮かべた。

「はい。で、若い侍が訪れたお稲荷長屋の家の年増が、神尾慎之介の妻の静乃だと知りました」

和馬は、五年前に神尾慎之介が久蔵に闇討を仕掛けて返討ちにあったのを知っている。

「昨日、京橋で神尾静乃を見掛けてな。それで今、どうしているのか気になり、太市に調べさせたのだ」

「そうでしたか……」

和馬は頷いた。

「うむ。して、その若い侍はどうした……」

「未だ神尾静乃の家に……」

「そうか。何者なのかな……」

久蔵は眉をひそめた。

「秋山さま……」

庭先に小者がやって来た。

「なんだ……」

「柳橋の幸吉さんが来ています」

「うむ。通してくれ」

「はい……」

小者が退がり、代わって幸吉が庭先に入って来た。

「やあ。町医者南原洪庵の往診先が分かったのか……」

「いえ。それが未だですが、さいかち坂の旗本屋敷の中に土屋監物の屋敷がありました」

幸吉は報せた。

「土屋監物……」

久蔵は眉をひそめた。

「はい……」

「土屋行部の弟か……」

「はい。五年前、小普請組支配としての悪事を秋山さまに暴かれ、切腹の御仕置を受けた土屋行部の跡目を継いだ弟の監物です」

土屋家は、当主行部が切腹し、家禄を四千石から二千石に減らされた。そして、嫡男が未だ幼いと云う理由で弟の監物が土屋家の家督を継いで当主になっていた。

「そうか、土屋家は家禄を減らされ、屋敷も半蔵御門外からさいかち坂に替えられていたのか……」

久蔵は知った。

「はい……」

幸吉は頷いた。

「して柳橋の、その土屋監物と町医者南原洪庵殺し、拘りがあるのか……」

「そいつは未だはっきりしませんが、土屋家の若い家来が妙な動きをしており、他の家来たちが捜しているのですが、ひょっとしたらその辺に何かあるのかもしれません」

「若い家来……」

和馬は眉をひそめた。

「ええ。純一郎と云う名前で、二十歳前後の気の弱そうな奴です……」

幸吉は告げた。

「和馬……」

久蔵は、和馬に目配せをした。

「はい。柳橋の、純一郎かもしれない若い侍がいる。ちょいと面を拝んでやってくれ」

和馬は笑った。

「は、はい……」

幸吉は、戸惑いながら頷いた。


八丁堀は夕陽に煌めいていた。

和馬は、幸吉や清吉と本湊町に急いだ。

本湊町のお稲荷長屋は、おかみさんたちが井戸端で夕食の仕度に忙しかった。

和馬と幸吉、清吉は、木戸からおかみさんたちを窺った。

おかみさんたちの中に静乃はいなかった。

「どの家です……」

「奥から三軒目の家だ」

和馬は、静乃の家を指差した。

「純一郎って若い侍、未だいると良いんですがね」

清吉は、静乃の家を見詰めた。

「じゃあ、行って来る……」

静乃の家の戸が開き、慎太郎が飛び出して来た。

「あら、慎ちゃん、お使いかい……」

おかみさんが声を掛けた。

「うん……」

慎太郎は、文銭を握って木戸から駆け出して行った。

「清吉、追ってみな……」

幸吉は命じた。

「はい……」

清吉は、慎太郎を追った。

和馬と幸吉は、静乃の家を見守った。

おかみさんたちは、夕食の仕度を終えて家に戻った。

見計らったように静乃が家から現われ、井戸端で米を研ぎ始めた。

「神尾慎之介の御新造さんですか……」

幸吉は、静乃の顔を覚えていた。

「ああ。神尾静乃だ……」

和馬は頷いた。

静乃は米を研ぎ、手桶に水を汲んで家に戻った。

慎太郎が、大きな笹の葉に包んだ物を買って駆け戻って来た。

「只今……」

慎太郎は、家に駆け込んだ。

清吉が追って戻って来た。

「何を買ったんだい……」

幸吉は訊いた。

「乾物屋で鯵の干物を三枚。純一郎って若い侍、未だいるようですね」

清吉は睨んだ。

「和馬の旦那……」

「ああ。間違いあるまい……」

和馬は頷いた。

土屋家の家来の純一郎は、お稲荷長屋の神尾静乃の家に未だいる。

「さあて、どうする……」

「土屋家の家来は純一郎を捜しています。此のままにして、見張った方が良いでしょう」

　幸吉は告げた。

「柳橋の。町医者の南原洪庵、土屋家に用があってさいかち坂に行き、その帰りに土屋家の者に闇討されたのかもしれないな……」

　和馬は読んだ。

「ええ……」

「よし。俺はさいかち坂の土屋屋敷の様子を見て来る。此処を頼むぜ」

「承知……」

「じゃあ……」

　和馬は、足早に立ち去った。

　幸吉と清吉は、お稲荷長屋の静乃の家を見張った。

　夕陽は沈んだ。

旗本屋敷街の辻行燈に火が灯された。

土屋屋敷の表門脇の潜り戸が開き、数人の家来たちが駆け去った。

着流し姿の久蔵は、目深に被った塗笠をあげて家来たちを見送り、土屋屋敷を眺めた。

土屋屋敷は、夜の闇と静けさに沈んでいた。

家来たちは何処に行ったのか……。

久蔵は、想いを巡らせた。

純一郎と云う若い侍を捜しに行ったのかもしれない。

だとしたら、純一郎は未だ帰ってはいない……。

久蔵は睨んだ。

「何をしている……」

背後から和馬の声がした。

「和馬か……」

久蔵は、振り返って塗笠を上げた。

「秋山さま……」

和馬が駆け寄って来た。

「家来たちが純一郎を捜しているようだ」

　久蔵は告げた。

「純一郎、未だ本湊町はお稲荷長屋の静乃の家にいます。柳橋が見張りに付きました」

「そうか……」

「それにしても町医者の洪庵、昨夜、土屋屋敷に来たのですかね」

　和馬は、土屋屋敷を眺めた。

「他に此と云った事がなければ、洪庵は往診を装って土屋屋敷に来た。そう見て間違いはあるまい……」

　久蔵は云い切った。

「ならば洪庵、何しに来たのか……」

　和馬は眉をひそめた。

「さあな。ま、どちらにしても目糞鼻糞。土屋にとっては、南原洪庵の口を封じなければならぬ事が起きたか……」

　久蔵は読んだ。

「おそらく……」

和馬は頷いた。

「よし。明日から土屋監物を詳しく調べあげてやるぜ」

久蔵は、不敵な笑みを浮かべた。

三

町医者南原洪庵を恨み、闇討を仕掛けた者は浮かばなかった。

柳橋の幸吉は、下っ引の勇次と新八、由松を呼んでさいかち坂の土屋屋敷を見張らせた。

純一郎は、本湊町はお稲荷長屋の静乃の家に潜み続けた。

幸吉は、雲海坊と清吉に見張らせた。

久蔵は、和馬と幸吉に旗本土屋監物の人柄と身辺を探らせた。

土屋監物は、四千石取りで小普請組支配だった兄の行部とは違い、二千石で無役の小普請組だった。

和馬と幸吉は、土屋監物の人柄と身辺を探った。

土屋監物は、強引な人柄で名のある刀剣や茶道具に眼のない数寄者だった。そして、欲しいと思った物は、手立てを選ばず手に入れようとする評判の悪い男だった。

「いろいろありそうな奴ですね」

幸吉は苦笑した。

「ああ。秋山さまに追い詰められて切腹した兄貴の行部に負けず劣らずの評判の悪い奴だな……」

和馬は呆れた。


さいかち坂の土屋屋敷は、家来たちや奉公人が出入りしていた。

大柄な家来が、二人の朋輩と土屋屋敷から出て行った。

由松が物陰から現われ、大柄な家来たちを追った。

勇次は、斜向いの旗本屋敷の中間頭の熊造に金を握らせ、中間長屋の空き部屋を借りて見張り場所にしていた。

新八が、聞き込みから戻って来た。

「どうだった……」

「ええ。中間頭の熊さんの云う通り、土屋屋敷から小西純一郎って若い家来が逐電したようですよ」

新八は告げた。

「小西純一郎か……」

勇次は、若い家来の純一郎の苗字を知った。

「ええ。で、殿さまの土屋監物さまは追手を掛けたとか……」

「そうか……」

小西純一郎は、何故に土屋家から逐電したのか……。

そして、土屋監物は何故に追手を掛けたのか……。

勇次は、想いを巡らせた。

「勇次の兄貴……」

中間長屋の武者窓から斜向いの土屋屋敷を見張っていた新八が、勇次を呼んだ。

勇次は、新八のいる武者窓に寄った。

中年の商人が、土屋屋敷の表門脇の潜り戸から家来や中間に追い出されていた。

「お、お願いにございます。監物さまに、お殿さまにお取次ぎ下さい、お願いです」

中年の商人は、家来に取り縋って訴えた。

「黙れ。何度も申している通り、殿はお出掛けだ。出直して参れ」

「か、過日もそう仰いました……」

中年の商人は、必死に食い下がった。

「黙れ……」

家来は、中年の商人を突き飛ばして潜り戸を閉めた。

中年の商人は項垂れ、踵を返して重い足取りで歩き始めた。

「勇次の兄貴……」

新八は眉をひそめた。

「ああ。此処を頼むぜ……」

勇次は、新八を残して中間長屋を出て行った。

中年の商人は、さいかち坂を重い足取りで進んだ。

勇次は尾行た。

中年の商人は立ち止まり、思い詰めた顔で神田川の流れを見詰めた。

まさか……。

勇次は、不吉な予感に襲われた。

中年の商人は、ふらりと揺れてその場にしゃがみ込んだ。

「どうしました……」

勇次は、しゃがみ込んだ中年の商人に駆け寄った。

「いえ、大丈夫です」

中年の商人は立ち上がった。

疲れ果てた顔だった。

「何処か具合でも……」

「いえ。何でもありません……」

中年の商人は、諦めたかのように自嘲の笑みを浮かべた。

此迄だ……。

「土屋さまの屋敷で何があったのです……」

勇次は、単刀直入に尋ねた。

「えっ……」

中年の商人は狼狽えた。

「あっしはこう云う者です……」

勇次は、懐の十手を見せた。

「お、お上の……」

中年の商人は、勇次を見詰めた。

「はい。旦那さまの名は一切出しません。土屋さまと何があったのか、教えてくれませんか……」

勇次は頼んだ。

「騙されたのです。手前は土屋監物さまに名のある香炉を騙し取られたのです」

中年の商人は、悔しさに顔を歪めた。

「名のある香炉を騙し取られた……」

勇次は眉をひそめた。

勇次は、中年の商人を和馬と幸吉の許に伴った。

和馬と幸吉は、中年の商人の訴えを聞いた。

中年の商人は、日本橋は元浜町の茶道具屋『梅香堂（ばいこうどう）』の主の惣兵衛（そうべえ）だった。

惣兵衛は、茶人で武将の古田織部が拘わる織部焼の香炉を手に入れた。

土屋監物はそれを知り、惣兵衛に織部の香炉を見せてくれと頼んで来た。

惣兵衛は、さいかち坂の土屋屋敷を訪れて織部の香炉を披露した。

土屋監物は、織部の香炉を気に入り、惣兵衛に売ってくれと頼んだ。だが、値段が折り合わず、惣兵衛は売るのを断った。

断られた土屋監物は、惣兵衛に織部の香炉を一ヶ月だけ貸してくれと頼んだ。

惣兵衛は、貸すのを断り切れなかった。

そして、織部の香炉を貸して一ヶ月が過ぎ、惣兵衛は返却を頼んだ。

土屋監物は、借りた覚えはないと云い、織部の香炉の返却を拒んだ。

惣兵衛は語り終え、吐息混じりに項垂れた。

「和馬の旦那……」

幸吉は眉をひそめた。

「ああ。酷い話だ……」

和馬は呆れた。

「神崎さま、親分さん、どうか、織部の香炉を取り戻して下さい、お願いです」

惣兵衛は、和馬と幸吉に深々と頭を下げて頼んだ。

「惣兵衛、出来るだけの事はする。今暫く辛抱していてくれ」

和馬は、惣兵衛に云い聞かせた。

「はい。宜しくお願いします」

惣兵衛は、頭を下げ続けた。

「和馬の旦那、惣兵衛さんのような人は他にもいるかもしれませんね」

幸吉は睨んだ。

「ああ。その辺を調べてみよう」

和馬は頷いた。


本湊町のお稲荷長屋に変わった事はなかった。

雲海坊と清吉は、お稲荷長屋の静乃と純一郎を見張った。

静乃は、お稲荷長屋の空いていた家を借りて純一郎を住わせ、長屋のおかみさんたちには、奉公先で苛められて逃げ出して来た親類の者だと説明した。

おかみさんたちは、静乃の言葉を信じて純一郎に同情した。

純一郎は、空いていた家に身を潜めた。

「まあ、逃げ出して来たのに間違いはないが、苛められたかどうかはな……」

雲海坊は眉をひそめた。

「ええ……」

清吉は苦笑した。

静乃は飾り結び作りに励み、慎太郎は寺子屋に張り切って通い、純一郎は長屋の家に潜んだ。

今の処、お稲荷長屋に変わった処はない。

雲海坊と清吉は見張り続けた。


土屋家の大柄な家来は、二人の朋輩と逐電した小西純一郎を捜していた。

由松は尾行廻した。

大柄な家来の名は横塚伝内(よこつかでんない)、身のこなしや動きから見て剣の遣い手と思えた。

由松は、慎重に尾行た。

横塚伝内と二人の朋輩は、逐電した小西純一郎と拘りある者を訪ね歩いた。だが、小西純一郎は容易に見付からなかった。

何処に隠れたか……。

横塚は、苛立ちを露わにしていた。

由松は苦笑した。

久蔵は、和馬の報告を聞いた。

「兄貴の土屋行部は小普請組支配を良い事に、役目に就きたいと願う小普請組の旗本御家人家に伝わる家宝の刀や壺を無理矢理に献上させたが、弟の監物は、刀剣商や茶道具屋に名のある刀や茶道具を借りては返さず、踏み倒すって寸法か……」

久蔵は苦笑した。

「ええ。酷い話ですね。今、柳橋が他にも被害者がいるかもしれないと、調べています」

「そうか……」

「それにしても踏み倒された刀剣商や茶道具屋、良く訴えもせず黙っていますね」

和馬は首を捻った。

「おそらく、訴え出ると家族にも禍(わざわい)が及ぶとでも脅されたのだろう」

久蔵は睨んだ。

「何処迄も狡猾（こうかつ）で汚い野郎ですね」

和馬は吐き棄てた。

「ああ……」

「それにしても、そんな土屋監物と町医者の南原洪庵、どんな拘りがあるんですかね」

和馬は首を捻った。

「医者と云えば毒か……」

「毒……」

和馬は眉をひそめた。

「ああ。ひょっとしたら土屋監物、訴え出ようとした者に毒を盛って口を封じているのかもしれないな」

「じゃあ、その毒を南原洪庵から……」

和馬は、緊張を滲ませた。

「うむ。手に入れていたのかもな……」

久蔵は頷いた。

「で、挙げ句の果てには、その毒を用意した南原洪庵も殺して口を封じましたか和馬は読んだ。

「……」

「ああ、だが、今の話には確かな証拠もなければ、証人もいない。俺たちの当て推量に過ぎねえ」

久蔵は苦笑した。

「分かりました。当て推量を本当の話にしてやりますよ」

和馬は勢い込んだ。


「雲海坊さん……」

清吉は、本湊町の裏通りを示した。

雲海坊は、清吉の視線の先を眺めた。

二人の侍がやって来た。

「あれは、確か土屋の家来ですよ」

清吉は眉をひそめた。

二人の侍は、お稲荷長屋の木戸を入った。

雲海坊と清吉は見守った。

二人の侍は、井戸端にいたおかみさんに何事かを尋ねた。

おかみさんは、静乃の家を指差して自分の家に戻って行った。

二人の侍は、静乃の家の腰高障子を叩いた。

腰高障子が開き、静乃が顔を出した。

「あっ……」

静乃は、二人の侍を見て微かな戸惑いを浮かべた。

二人の侍は、静乃に挨拶をしながら何気なく家の中を覗いた。

「あの、何か御用ですか……」

静乃は眉をひそめた。

「静乃さま、此方に小西純一郎は参りませんでしたか……」

「小西純一郎さん……」

「ええ。小西は子供の頃、静乃さまや亡くなった神尾さまに可愛がられていたのを思い出しましてな……」

二人の侍は、静乃を見据えた。

「それは昔の話。純一郎さんはお見えになってはおりませんが、何か……」

静乃は、厳しさを滲ませた。

「いえ。そうですか。もしやと思って来たのですが。いや、御造作をお掛け致した……」

二人の侍は、静乃に挨拶をして立ち去って行った。

静乃は、立ち去って行く二人の侍を厳しい面持ちで見送って家に入った。

「土屋の家来、小西純一郎を捜して此処迄来ましたか……」

清吉は、緊張に喉を鳴らした。

「ああ……」

雲海坊は頷いた。


土屋屋敷は、家来たちの出入りが激しくなった。

勇次と新八は、斜向いの中間長屋から見張り続けた。

巻羽織を脱いだ和馬が、武者窓の前を通り過ぎて行った。

「勇次の兄貴、神崎の旦那です」

新八は告げた。

「よし。此処を頼んだ」

勇次は中間長屋を出た。

和馬は、神田川沿いの道に立ち止まって振り向いた。

「和馬の旦那……」

勇次が駆け寄って来た。

「やあ、御苦労さん……」

「土屋監物の悪事、分かりましたか……」

「ああ。汚い遣り口をいろいろとな。茶道具屋の惣兵衛の他にも泣かされた者がいるだろうと、柳橋が捜しているぜ」

「そうですか……」

「で、土屋屋敷に変わった事はないか……」

「はい。家来共の出入りが激しくなっています。奴らきっと逐電した小西純一郎を捜しているんですぜ」

「逐電した小西純一郎か……」

「ええ。家来総出で……」

「家来総出でか……」

「はい……」

「ひょっとしたら小西純一郎、土屋監物の弱味を握っているのかもしれないな……」

和馬は眉をひそめた。

雲海坊と清吉は、お稲荷長屋を見張り続けた。

静乃が風呂敷包みを抱えて家から現われ、小西純一郎の借りた家の腰高障子を小さく叩いた。

雲海坊と清吉は見守った。

腰高障子を開け、純一郎が顔を出した。

静乃は緊張した面持ちで何事か告げ、家の中に入って腰高障子を閉めた。

「どうしたのかな……」

雲海坊は眉をひそめた。

「ちょいと聞いて来ます」

清吉は、木戸を入って純一郎の家の戸口に張り付いた。

家の中から、静乃と純一郎の声が微かに聞こえた。

清吉は、静乃と純一郎の話を盗み聞いた。

「じゃあ静乃さま、私はどうすれば……」

純一郎は声を震わせた。

「純一郎さん、此のままでは生涯逃げ隠れしなければなりませんよ」

静乃が厳しく云い聞かせた。

「分かりました。仰る通りにします」

純一郎は、覚悟を決めて頷いた。

「ならば、此に着替えて下さい……」

静乃は、風呂敷包みを差し出した。

「は、はい。静乃さま……」

「私も一緒に参りますよ」

静乃は、純一郎の家の戸口に向かった。


清吉は、雲海坊の許に駆け寄った。

静乃が純一郎の家から現れ、自分の家に戻って行った。

「何か分かったか……」

「はい。純一郎、静乃さんと出掛けます」

清吉は告げた。

「出掛ける、何処に……」

「さあ、そこまでは……」

純一郎の家から、頰被りに菅笠を被った人足が出て来た。

「誰だ……」

雲海坊と清吉は眉をひそめた。

四

鉄砲洲波除稲荷の石垣には、江戸湊の波が静かに打ち寄せていた。

静乃は、頰被りに菅笠を被った人足と一緒に鉄砲洲波除稲荷の傍を抜け、八丁堀沿いの道を西に進んだ。

雲海坊と清吉は尾行た。

頰被りに菅笠を被った人足は、小西純一郎だった。

「何処に行くんですかね」

「うん。土屋の家来たちが捜しに来たのをみて、お稲荷長屋も危ないと、隠れ場所を変えるのだろう」

雲海坊は睨んだ。

八丁堀に艀が行き交っていた。

静乃と純一郎は、足早に進んだ。

雲海坊と清吉は、充分に距離を取って慎重に追った。

静乃と純一郎は、八丁堀に架かっている中ノ橋の南詰を通り抜けて尚も進んだ。

土屋家の大柄な家来と二人の朋輩が、中ノ橋を渡って来て静乃と純一郎を見送りながら囁き合った。

「雲海坊さん……」

清吉は緊張した。

「ああ、土屋の家来かもな……」

雲海坊は、厳しい面持ちで頷いた。

大柄な家来と二人の朋輩は、静乃と純一郎を追った。

雲海坊と清吉は、大柄な家来と二人の朋輩に続いた。

「雲海坊の兄貴、清吉……」

由松が中ノ橋を渡って来た。

「おう。由松、あいつらを追っているのか……」

「土屋の家来でしてね。小西純一郎って逐電した家来を捜し廻っていますよ」

「やっぱりな……」

「雲海坊さん、由松さん……」

清吉が、大柄な家来たちを指差した。

大柄な家来たちは、静乃と純一郎に駆け寄っていた。

由松が急いだ。

雲海坊と清吉が続いた。


大柄な家来たちは、静乃と純一郎の行く手を塞いだ。

静乃は、咄嗟に純一郎を庇って身構えた。

純一郎は静乃の背後で俯き、顔を隠した。

「此は神尾静乃どの。拙者、土屋家家中の横塚伝内です」

大柄な家来は横塚伝内と名乗り、薄笑いを浮かべた。

「は、はい。お久し振りにございます」

静乃は、油断なく挨拶をした。

二人の朋輩が、静乃の背後にいる純一郎を押さえて菅笠を剝ぎ取った。

純一郎の顔が露わになった。

「小西純一郎……」

「捜したぞ、小西……」

二人の朋輩は、純一郎を捕らえようとした。

「放しなさい……」

静乃が懐剣を抜こうとした。

横塚は、静乃の懐剣を握る手を押さえた。

「やはり、神尾さまの処でしたか……」

横塚は、静乃を突き飛ばした。

静乃は倒れた。

「引き立てろ……」

横塚と二人の朋輩は、純一郎を引き立てようとした。

擦れ違った雲海坊が、不意に錫杖で朋輩の一人の向う臑(ずね)を打ち払った。

向う臑を打ち払われた朋輩は、悲鳴を上げて倒れ込んだ。

由松が、残る朋輩を突き飛ばして純一郎を助けた。

清吉は、静乃を助け起こして呼び子笛を吹き鳴らした。

「下郎、邪魔するな」

横塚は、怒りを露わにして刀を抜いた。

雲海坊、由松、清吉は、静乃と純一郎を後ろ手に庇って対峙した。

行き交う人々が恐ろしそうに遠巻きにした。

横塚が鋭く斬り付けた。

雲海坊、由松、清吉は、素早く躱した。

「待て待て……」

和馬が現れた。

「旦那……」

清吉が安堵を浮かべた。

「真っ昼間、天下の往来で刀を抜くとは良い覚悟じゃあねえか、何処の旗本の家中か聞かせて貰おうか……」

和馬は、笑みを浮かべて十手を構えた。

「おのれ、不浄役人が……」

横塚は吐き棄て、腹立たしげに身を翻した。

二人の朋輩が慌てて続いた。

「助かりましたよ。和馬の旦那……」

雲海坊は笑った。

「土屋の家来だな……」

「はい。静乃さまと純一郎を……」

由松は告げた。

「雲海坊さん、由松の兄貴、静乃さまと純一郎がいません」

清吉が気が付き、慌てた。

「何……」

雲海坊、由松、清吉は、辺りに静乃と純一郎を捜した。

静乃と純一郎は、既に姿を隠していた。

小糠雨が降り始めた。


南町奉行所の中庭の木々の葉は、降り出した小糠雨に濡れた。

久蔵の用部屋に当番同心がやって来た。

「秋山さま……」

「何だ……」

「神尾静乃と申される方がお逢いしたいとおみえです」

「神尾静乃が……」

久蔵は眉をひそめた。


「お待たせ致した……」

久蔵は、小部屋に入った。

小部屋には、静乃と人足姿の若い男がいた。

小西純一郎……。

久蔵は、人足姿の若い男の素性を読んだ。

「お久し振りにございます。秋山さま、その節は御世話になりました」

静乃は、五年前に夫神尾慎之介の遺体を手厚く弔ってくれた久蔵に礼を述べた。

「いえ。御子共々お変りなく……」

「お陰さまで……」

「それは何より。して、御用とは……」

「秋山さま、此方は旗本土屋監物さま御家中の小西純一郎どのと申されます」

「小西純一郎どのか……」

「はい……」

純一郎は、怯えを滲ませて頷いた。

「純一郎さん、秋山さまが信じられる御方かどうかは、私と一緒に亡くなった神尾に聞いている筈……」

「はい……」

「ならば自分でお話しなさい……」

静乃は、息子に云い聞かせるように告げた。

「はい……」

純一郎は頷いた。

静乃は、隠れていては危険が増すばかりだと判断し、久蔵の許に出頭するように純一郎に勧めたのだ。

「ひょっとしたら牛込の町医者南原洪庵殺しに拘る事かな……」

久蔵は、誘い水を与えた。

「左様にございます。町医者南原洪庵どのを待ち伏せして襲ったのは、土屋家の家来の横塚伝内と尾木竜之介、そして私の三人です」

純一郎は、言葉を震わせた。

「まことか……」

「はい……」

「ならば、南原洪庵を手に掛けたのは……」

「横塚伝内です。そして、医生を斬ったのは尾木竜之介にございます」

「おぬしは何を……」

「わ、私は恐ろしくて、後ろで唯々震えていました……」

純一郎は、恥じ入るように身を縮めた。

「うむ。して、町医者南原洪庵闇討は……」

久蔵は、純一郎を見据えた。

「殿の土屋監物の命によるものにございます」

純一郎は、声を震わせながらもはっきりと答えた。

「その言葉に間違いはあるまいな」

久蔵は念を押した。

「はい。殿は名刀や名のある品物を借りて返さず、厳しく言い募ってくる者には秘かに毒などを盛りました」

「その毒を南原洪庵から秘かに調達していたか……」

「はい。そして、代金で探めて……」

「おぬしたちに闇討を命じたか……」

久蔵は読んだ。

「はい。お白州でも証言します」

純一郎は、覚悟を決めて頷いた。

「秋山さま、純一郎どのは、五年前の神尾慎之介同様、主の理不尽な言い付けで罪を犯したのです……」

静乃は、怒りと悔しさを滲ませた。

「うむ……」

「ですが、純一郎どのは斬る事は出来ず、闇討に加わった罪に苛まれ、秋山さまの許に出頭しようとしました……」

静乃は、純一郎を哀れんだ。

「ですが、私は恐ろしくなり、出頭せずに静乃さまの許に逃げ、匿って貰いました……」

「秋山さま、純一郎どのは土屋家から退転し、一人の人として自由に生きる事にしたそうです。その為には、町医者南原洪庵どの闇討の一件を乗り越えなければなりません。それで、秋山さまの許に参りました。宜しくお願い致します」

静乃は頼んだ。

「静乃どの、小西純一郎を良くお連れ下さった。後の事は、此の秋山久蔵に任せて頂きます。決して悪いようには致さぬ……」

久蔵は微笑んだ。

「忝うございます。良かったですね、純一郎さん……」

静乃は、安堵を滲ませて微笑んだ。

「はい。宜しくお願いします」

純一郎は、手をついて久蔵に深々と頭を下げた。

「秋山さま……」

襖の外から和馬の声がした。

「和馬か、入れ……」

「はい……」

和馬が、襖を開けて入って来た。

「あっ……」

静乃と純一郎は、和馬を見て驚いた。

「あっ……」

和馬も静乃と純一郎を見て驚いた。

「どうした……」

久蔵は眉をひそめた。


久蔵は、小西純一郎を町医者南原洪庵闇討の一人として南町奉行所の仮牢に繋いだ。そして、雲海坊と由松に静乃をお稲荷長屋に送らせ、見守るように命じた。

雲海坊と由松は、純一郎が借りていた家に入って静乃と慎太郎を見守る事にした。

町医者南原洪庵と医生の闇討は、旗本土屋監物が家来の横塚伝内、尾木竜之介、小西純一郎に命じての凶行だった。

久蔵は、和馬、幸吉、勇次、新八、清吉に土屋屋敷の前で待つように告げた。

「いいか。町奉行所は生きて捕らえるのが定法。だが、手に余れば容赦は要らぬ。

横塚伝内と尾木竜之介を決して逃がすな」
久蔵は厳しく命じた。
「はっ……」
和馬は頷いた。
「じゃあな……」
久蔵は、土屋屋敷に向かった。
和馬、幸吉、勇次、新八、清吉は見送った。
久蔵は、悠然とした足取りで土屋屋敷に入って行った。
書院の傍の庭には、鹿威し(ししおど)の甲高い音が鳴り響いていた。
久蔵は、書院に通されて土屋監物が来るのを待った。
隣室に人の気配がした。
おそらく、土屋監物が家来たちを潜ませたのだ。
久蔵は苦笑した。
廊下に足音が鳴った。
痩せた初老の男が書院に入って来て上座に着き、久蔵を見据えた。

「おぬしが秋山久蔵か……」

「左様。南町奉行所吟味方与力の秋山久蔵です。土屋監物さまですな……」

「如何にも。儂が五年前、おぬしに切腹に追い込まれた土屋行部の弟、監物だ……」

土屋は、嫌味を露わにして告げた。

「ならば土屋さま、御家中の横塚伝内と尾木竜之介を町医者南原洪庵殺しの下手人としてお渡し願いたい」

久蔵は、土屋を見据えて告げた。

「何……」

土屋は眉をひそめた。

「横塚と尾木が南原洪庵を闇討したのは、小西純一郎の証言で既に明らかです。二人の身柄は……」

「だまれ秋山、小西純一郎は既に我が家中から逐電した虚け者。そのような者の云う事が信用出来るか……」

土屋は吐き棄てた。

「少なくとも私を始めとした南町奉行所の者共は、小西の主よりは信用している

　久蔵は、不敵な笑みを浮かべた。

「……」

「何だと……」

　土屋は、怒りを滲ませた。

「土屋さま、家来の横塚伝内と尾木竜之介の身柄、引き渡して貰えねえのなら、遠慮はしねえ。目付に南原洪庵殺しの真相を報せ、お前さんの悪事の始末、一気につけてやるぜ」

　久蔵は笑った。

「お、おのれ……」

　土屋は、怒りに震えて脇差を握った。

「やるかい。土屋監物、二千石と二百石、刺し違えるのも面白れえじゃあねえか……」

　久蔵は、不敵に笑った。

　隣室に潜む者たちの気配は、動揺したのか激しく揺れた。

「秋山久蔵……」

　土屋は、怒りと悔しさに激しく震えた。

「兄貴の行部になまじ情けを掛け、土屋家を存続させたのは間違いだった。監物、土屋家は此迄になるだろうぜ」

久蔵は云い放った。

土屋屋敷の潜り戸が開き、横塚伝内と痩せた家来が出て来た。

痩せた家来は、尾木竜之介だ。

横塚と尾木は、足早にさいかち坂に向かった。

和馬と勇次が現れた。

横塚と尾木は立ち止まり、背後を振り返った。

幸吉、新八、清吉が現れ、背後を塞いだ。

横塚と尾木は怯んだ。

「横塚伝内、尾木竜之介、町医者南原洪庵と医生を殺した罪でお縄にする。神妙にするんだな」

和馬は、横塚と尾木を厳しく見据えた。

「黙れ。我らは旗本土屋家家中の者だ。町奉行所の者に捕らえられる謂(いわ)れはない」

横塚は怒鳴った。

「煩せえ。その旗本の土屋家が取潰しになれば、お前たちは只の浪人。立派な町奉行所の支配だぜ」

和馬は嘲笑った。

「おのれ……」

横塚は、怒りを露わにして猛然と和馬に斬り掛かった。

和馬は飛び退いた。

横塚は、踏鞴(たたら)を踏みながらそのまま逃げようとした。

勇次が鉤縄を放った。

鉤縄は、横塚の首に巻き付いた。

勇次は鉤縄を引いた。

横塚は、大きく仰け反った。

和馬は駆け寄り、横塚の額を十手で鋭く打ち据えた。

横塚は、額から血を飛ばして崩れ落ちた。

和馬が横塚の刀を奪い、勇次が捕り縄を打った。

尾木は刀を抜いた。

清吉と新八は、尾木に目潰しを投げた。

目潰しは、尾木の顔に当って白い粉を撒き散らした。

尾木は、眼を塞がれて狂ったように刀を振り廻した。

幸吉は、尾木の振り廻す刀をかい潜って近寄り、背後から蹴飛ばした。

尾木は、前のめりに激しく倒れ込んだ。

新八は、倒れた尾木に馬乗りになり激しく殴り付けた。

清吉が加わった。

尾木は気を失った。

新八と清吉は、気を失った尾木に捕り縄を打った。

和馬、幸吉、勇次、新八、清吉は、町医者南原洪庵と医生を殺した横塚伝内と尾木竜之介をお縄にした。


久蔵は、旗本土屋監物の悪行を目付の榊原蔵人(さかきばらくらんど)に報せ、評定所扱いにした。

評定所は、土屋監物に切腹を命じ、旗本土屋家を取潰しにした。

久蔵は、浪人となった横塚伝内と尾木竜之介に死罪の仕置を下した。そして、自訴した小西純一郎の情状を酌量して江戸払いにした。

〝江戸払い〟とは、品川、千住、板橋、四ッ谷の大木戸内と本所や深川に住む事を禁じ、それ以外の地に追放する刑だ。

小西純一郎は、浪人として新宿に住むようになった。


小糠雨が降った。

久蔵は、半合羽を着て傘を差し、迎えに来た太市と南町奉行所を退出した。

「旦那さま……」

太市は、呉服屋の店先で青い蛇の目傘を差している静乃を示した。

「うん……」

久蔵と太市は立ち止まった。

静乃は、小さな風呂敷包みを抱え、青い蛇の目傘を差して小糠雨の中を京橋に向かった。

久蔵と太市は見送った。

静乃の青い蛇の目傘はくるくると廻った。

小糠雨は舞った。

第四話

駆落ち

一

　隅田川の流れは煌めき、向島の土手道には様々な人が行き交っていた。

　桜餅で名高い長命寺前の船着場には、弥平次が腰を下ろして吾妻橋から来る舟を眺めていた。

　猪牙舟が吾妻橋からやって来た。

「祖父ちゃん……」

　猪牙舟の舳先に平次が立ち、大きく手を振りながら叫んでいた。

　弥平次は気が付き、相好を崩して手を振り返した。

　猪牙舟は勇次が漕ぎ、平次の母親のお糸も乗っていた。

勇次は、お糸と平次の乗った猪牙舟の船縁を弥平次のいる船着場に寄せた。

「祖父ちゃん……」

「おう。平次、良く来た、良く来た……」

弥平次は迎えた。

「えい……」

平次は、猪牙舟の船縁から船着場に跳び降りた。

「おう。平次、凄い凄い……」

「祖父ちゃん、祖母ちゃんは……」

「祖母ちゃんは、平次の好きなお稲荷さんを沢山作っているよ」

「うわあ、おっ母ちゃん、お稲荷さんだって……」

「良かったわね。平次……」

お糸は微笑んだ。

「うん……」

「変わりはありませんか、お父っつあん……」

お糸は、猪牙舟を降りた。

「ああ。お糸、御覧の通りだ」

「幸吉が宜しくって……」

「そうかい……」

「御隠居、長八の親方や雲海坊さんや由松さんが宜しくと……」

勇次は、猪牙舟を船着場に繋いで挨拶をした。

「おう、勇次。みんなも達者にやっているかい……」

「はい。お陰さまで……」

「そいつは良かった。さあ、平次、祖母ちゃんが待っているぞ」

「うん……」

弥平次は、平次と手を繋いで土手道に向かった。

お糸と勇次は、荷物を持って続いた。

猪牙舟は、船着場で小さく揺れていた。


柳橋と向島は、隅田川を遡って浅草御蔵や厩河岸(うまやがし)、そして吾妻橋を潜るだけであり、舟で来れば遠くはない。

お糸は、十日に一度は平次を伴って弥平次おまきの養父母の隠居所に来ていた。

勇次は、お糸と平次母子を送り、申の刻七つ半(午後五時)頃に迎えに来ると云って柳橋の船宿『笹舟』に帰って行った。
　弥平次は、孫の平次と遊んだり、散歩に行ったりしていた。
　おまきは、お糸と茶を飲みながら世間話に花を咲かしていた。

　弥平次と平次は、長命寺で名物の桜餅を食べて土手道を散歩した。
　平次は棒切れを振り廻し、虫を捕まえ、土手の草むらを転げて遊びながら散歩した。

　土手道は水神や木母寺となり、綾瀬川迄続いて終わる。
　弥平次と平次は、土手道から土手の小径に降り、隅田川の水辺の水神にやって来た。
　水神は、隅田川が増水しても水没した事がなく総鎮守とされていた。
　弥平次と平次は、水神に手を合わせて家業の船宿の安全と繁盛を願った。
　平次は、境内を走り廻って遊んだ。
　弥平次は、息を鳴らして境内の隅にある腰掛で一息入れた。
「祖父ちゃん……」
　平次が、本殿の裏から飛び出して来た。

「おう。どうした……」

「大変だよ。早く来て……」

平次は、弥平次の手を取って叫んだ。


弥平次は、平次に手を引かれて本殿の裏手に廻った。

本殿の裏の縁の下には、初老の旅の武士が倒れていた。

「どうしました。お侍さん……」

弥平次は、初老の旅の武士の様子を見た。

初老の旅の武士は、熱っぽい顔をして気を失っていた。

「お侍さん……」

弥平次は、初老の旅の武士の額を触った。

初老の旅の武士の額は熱かった。

「熱がある……」

弥平次は、初老の旅の武士が熱を出して倒れたと読んだ。

「祖父ちゃん、死んでいるの……」

平次は、恐ろしそうに尋ねた。

「いや。病気で気を失っているだけだよ」

弥平次は、平次に云い聞かせて顔見知りの水神の禰宜に報せた。

水神の禰宜は、下男たちに命じて初老の旅の武士を部屋に運ばせ、医者を呼びに走らせた。

初老の旅の武士には、斬られた傷や殴られた痕は一切なかった。

事件性は窺われなく、熱の所為で倒れた。

弥平次は見定め、平次を連れて長命寺裏の隠居所に帰った。


「おっ母ちゃん、祖母ちゃん、人が倒れていたんだよ」

平次は、興奮気味にお糸とおまきに告げた。

「人が倒れていた……」

お糸は眉をひそめた。

「うん……」

平次は頷いた。

「お父っつあん……」

お糸は、弥平次に怪訝な眼を向けた。

「平次が水神で初老の旅の侍が熱を出して倒れていたのを見付けてな」

「うん。おいらが見付けたんだ」

平次は、自慢げに告げた。

「水神の皆さんが、家に運んでお医者を呼んだり、大騒ぎだ」

「あらまあ、それは大変でしたね」

おまきは眉をひそめた。

長命寺の鐘が、申の刻七つ（午後四時）を鳴らした。

「あらあら、もう申の刻七つよ。平次、そろそろお迎えが来るわよ。帰る仕度をしてね」

「ええっ、もう帰るの……」

「よし、平次、帰る仕度をして、お迎えが来る迄、祖父ちゃんと遊ぼう……」

弥平次は笑い掛けた。


二日後、弥平次は庭で菊の花の手入れをしていた。

「御隠居さま……」

下女のおたまが庭先にやって来た。

「どうしたい、おたま……」

「坂本秀平と仰る旅のお侍さまがお見えです」

　おたまが告げた。

「坂本秀平……」

「はい。水神でお助け頂いた者だと……」

「ああ。此処にお通ししなさい」

　弥平次は、坂本秀平が水神で倒れていた初老の旅の武士だと気付いた。


「どうぞ……」

　おまきは、縁側に腰掛けた初老の旅の武士の坂本秀平に茶を差し出した。

「畏れ入ります」

　坂本は、おまきに礼を述べた。

「いいえ。では、ごゆるりと……」

　おまきは、弥平次にも茶を置いて退った。

「とにかく熱が下がって何より。良かったですね」

　弥平次は茶を啜った。

「ええ。あのままでは拗らせて命を落としたかもしれないと、医者に云われましてね。本当に御隠居が見付けてくれたお陰、忝うございました」

坂本は、水神の禰宜に弥平次の事を聞いて礼を述べに来たのだった。

「いいえ。礼には及びませんよ。で、坂本さまは江戸に何しに……」

「えっ。それは……」

坂本は、戸惑いと躊躇いを過ぎらせた。

「いえ。余計な事を聞きました。お忘れ下さい……」

人にはそれぞれ抱えている事情がある。

弥平次は詫びた。

「いえ。人を捜しに……」

「人捜し……」

「はい……」

「それは御苦労さまですね」

弥平次は労った。

「いいえ。それでは……」

坂本は、茶を飲み干して縁側から立ち上がった。

坂本秀平は、吾妻橋に向かって土手道を去って行った。

「捜している人、早く見付かると良いですね」

おたまは、去って行く坂本秀平を見送った。

「うん……」

弥平次は頷いた。

坂本秀平は、病み上がりの所為か吹き抜ける川風にふらりと揺れた。

隅田川は静かにゆったりと流れた。


不忍池は降り続く雨に烟り、畔を行き交う人影はなかった。

初老の侍が刀を振り廻し、若い人足と揉み合いながら雑木林から出て来た。

初老の侍は、旅姿の坂本秀平だった。

「秀平、志保（しほ）は何処だ、何処にいる……」

坂本は、秀平と呼んだ若い人足に刀を突き付けた。

刀の鋒は小刻みに震え、降り続く雨の雫（しずく）を飛ばしていた。

「知らぬ。俺は知らない……」

秀平と呼ばれた若い人足は、必死な面持ちで叫んだ。

「おのれ。未だ惚けるか……」

坂本は、狂ったように秀平と呼んだ若い人足に斬り掛かった。

秀平と呼ばれた若い人足は、坂本の刀を握る手を押さえた。

坂本と秀平と呼ばれた若い人足は、激しく揉み合った。

雨は降り続き、波紋を重ねる不忍池に赤い血を流した。


長命寺前の船着場に猪牙舟が着き、岡っ引の柳橋の幸吉が降りた。

勇次は、素早く猪牙舟を船着場に舫って土手道に上がる幸吉に続いた。

幸吉と勇次は、向島の土手道を横切って長命寺裏の弥平次の隠居所に急いだ。


似顔絵は、初老の旅の侍に良く似ていた。

弥平次は、似顔絵を見詰めた。

「如何ですか……」

幸吉は、弥平次の反応を窺った。

「ああ。水神で熱を出して倒れていた旅の侍の坂本秀平さんにそっくりだぜ」

弥平次は告げた。

「坂本秀平……」

幸吉は眉をひそめた。

「親分……」

勇次は、戸惑いを浮かべた。

「ああ。親分、いえ、お父っつあん、此の似顔絵の侍、坂本秀平と名乗ったのですね」

幸吉は念を押した。

「幸吉、坂本秀平さんがどうかしたのかい……」

弥平次は、白髪眉をひそめた。

似顔絵に描かれるのは、人を殺して逃げている者か、殺されて身許の分からない者だ。

「はい。不忍池の畔で死体で見付かりました」

「死体で……」

「はい。己の刀で滅多打ちにされて殺されていました。それから此の坂本秀平

……」

幸吉は似顔絵を示した。

「見付けた者に、自分をやったのは坂本秀平だと辛うじて云い残して死んだそうです」

幸吉は、厳しい面持ちで告げた。

「どう云う事だ……」

弥平次は、戸惑いを浮かべた。

「坂本秀平は坂本秀平に殺された……」

幸吉は、弥平次に告げた。

「じゃあ此の坂本秀平は、俺に偽名を名乗ったのか……」

弥平次は読んだ。

「きっと……」

「そうか。で、幸吉、どうして俺に繋がったんだい」

弥平次は首を捻った。

「平次が此の似顔絵を見て、祖父ちゃんとおいらが水神で助けた人だと云い出しましてね」

「平次が……」

「はい。それで確かめに来たんですが……」

「そうだったのか。此の男は、平次が水神の裏で高い熱を出して気を失っていたのを見付けてな。それで水神の人たちに報せて助けた。で、二日後、お陰で助かったと礼を云いに立ち寄り、江戸に行ったのだ」

「その時、名は坂本秀平だと……」

「うむ……」

「で、江戸には何しに来たのか……」

「人を捜しに来たと云っていたが……」

「人捜し……」

幸吉は、厳しさを滲ませた。

「ああ。ひょっとしたら捜す相手が坂本秀平だったのかもしれないな……」

弥平次は睨んだ。

「ええ……」

幸吉は頷いた。

幸吉と勇次は、弥平次と共に水神を訪れて禰宜と下男たちに看病した時の旅の初老の侍の様子を尋ねた。

「で、旅の初老の侍、その時、名は何と……」

「確か関川泰之助（せきかわやすのすけ）さんと仰ったかな……」

禰宜は、思い出しながら告げた。

「関川泰之助……」

幸吉と勇次は、顔を見合わせた。

「何処から来たのか、聞きましたか……」

弥平次は、禰宜に尋ねた。

「牛久（うしく）だと云っていましたぞ」

禰宜は告げた。

「牛久……」

牛久藩は、江戸から水戸街道を十六里程行った処にある山口筑前守の城下町だ。

「ええ……」

禰宜は頷いた。

旅の初老の侍は、関川泰之助と云う名で牛久藩から来ていた。

「牛久藩家中の人ですかね……」

「かも知れないな……」

幸吉と勇次は、不忍池の畔で殺された初老の旅の武士の名と素性を知り、南町奉行所に急いだ。

南町奉行所吟味方与力秋山久蔵は、定町廻り同心の神崎和馬と幸吉の報せを受けた。

「じゃあ何か、関川泰之助は牛久から人を捜しに来て、不忍池の畔で坂本秀平と云う者に殺されたのか……」

久蔵は念を押した。

「はい。おそらく……」

和馬と幸吉は頷いた。

「よし。ならば和馬、関川泰之助がどんな奴で誰を捜しに来たのか、ちょいと牛久に行って来な……」

「心得ました」

久蔵は命じた。

「じゃあ勇次、和馬の旦那のお供をしな」

幸吉は、控えていた勇次に告げた。

「承知しました」

勇次は頷いた。

「で、柳橋の、殺された関川が牛久から人を捜しに来たのなら、殺した坂本秀平も牛久から来たのかもしれねえ。先ずは牛久藩の江戸屋敷の者に関川の面を検めて貰うんだな」

「承知しました。直ぐに……」

幸吉は頷いた。

「処で柳橋の、向島の隠居に変わりはないのかい……」

「お陰さまで。今度の一件に拘り、うずうずしているようでした」

幸吉は苦笑した。

「そいつは何よりだ……」

久蔵は、弥平次が達者なのを喜んだ。

南町奉行所定町廻り同心の神崎和馬は、下っ引の勇次を従えて常陸(ひたち)国牛久藩に出立した。

柳橋の幸吉は、新八を従えて牛久藩江戸上屋敷のある赤坂溜池端に向かった。

雲海坊と由松は、不忍池のある下谷一帯に坂本秀平を捜し続けた。


溜池には水鳥が遊び、水飛沫が煌めいていた。

幸吉と新八は葵坂を下り、肥前国佐賀藩江戸中屋敷の横手から裏塀沿いの溜池や馬場との間の道を進んだ。

その突き当たりに常陸国牛久藩江戸上屋敷はあった。

牛久藩は一万石の大名であり、藩主は山口筑前守と称した。

幸吉と新八は、牛久藩江戸上屋敷を窺った。

牛久藩江戸上屋敷は、表門を閉じて静けさに覆われていた。

幸吉と新八は牛久藩江戸上屋敷を訪れ、家中の関川泰之助と思われる方が不忍池の畔で殺されたので見定めて欲しいと告げた。

牛久藩の者たちは狼狽え、初老の江戸詰の武士が出て来た。

「私は関川泰之助の親類の関川仁兵衛と申す者だが……」

関川仁兵衛は、不安を露わにして幸吉を見詰めた。

幸吉は、関川泰之助の似顔絵を見せた。

関川仁兵衛は、似顔絵を見て血相を変えて激しく震え出した。

関川泰之助に間違いない……。

幸吉は睨んだ。

「関川泰之助さまに間違いないのなら、死体を引き取られますか……」

「云われる迄もない……」

「では、御一緒に下谷妙徳寺の湯灌場(ゆかんば)に来て下さい」

幸吉は告げた。

「う、うむ……」

関川仁兵衛は、震えながら頷いた。


幸吉は、赤坂溜池から下谷妙徳寺に行く迄の道すがら関川仁兵衛に関川泰之助の事を尋ねた。

「泰之助は、二年前に漸く嫁を貰って儂も安心したのだが、何故に不忍池の畔なんかで……」

関川は、哀れみと腹立たしさを滲ませた。

「関川さま、坂本秀平と云う者を御存知ですか……」

「坂本秀平……」

関川は眉をひそめた。

「ええ……」

「さあて、知らぬな……」

関川は首を捻った。

「そうですか……」

幸吉と新八は、関川を誘って下谷妙徳寺に急いだ。

二

牛久藩江戸詰家臣の関川仁兵衛は、仏を親類の関川泰之助だと見定めて引き取った。

関川泰之助は、牛久藩の国許の家来であり、江戸詰の家来に知っている者は関川仁兵衛の他にいなかった。

「そうか、その親類の関川仁兵衛、坂本秀平を知らないのか……」

久蔵は眉をひそめた。

「はい。牛久藩は所帯が小さくて家来も少なく、江戸とも近いのに、国許と江戸、余り往き来はないようですねえ」

　幸吉は首を捻った。

「ああ。大名家もいろいろあるからな。処で柳橋の、殺された関川泰之助、二年前に嫁を娶(めと)ったのか……」

「はい。あの歳で二年前となると、随分と遅い結婚ですね」

　幸吉は読んだ。

「うむ……」

　久蔵は、厳しい面持ちで頷いた。

「秋山さま。それが何か……」

「うん。ひょっとしたら、そいつが今度の一件に拘っているのかもしれない……」

　久蔵は睨んだ。

「えっ……」

　幸吉は、戸惑いを浮かべた。

「ま、そいつは和馬と勇次が突き止めて来るだろう……」

久蔵は、小さな笑みを浮かべた。

雲海坊と由松は、坂本秀平を捜して下谷一帯の口入屋を歩いた。

坂本秀平が牛久から逃げて来ているのなら、口入屋に仕事を周旋して貰って金を稼いでいるのかもしれない。

雲海坊と由松は、下谷から神田や浅草に範囲を広げて坂本秀平を捜した。

しかし、坂本秀平らしい者は容易に浮かばなかった。

常陸国牛久藩は、江戸から十六里の処にある。

和馬と勇次は、水戸街道藤代宿を抜けて牛久藩に到着した。

牛久藩一万石は、城ではなく陣屋のある小さな町だった。

和馬と勇次は、牛久藩の陣屋を訪れて目付の梶原忠太夫(かじわらちゅうだゆう)に逢った。

「関川泰之助が江戸で殺された……」

目付の梶原忠太夫は、和馬の報せに驚いた。

「左様。関川泰之助どのが殺された事に何か心当たりはありませんか……」

和馬は、目付の梶原を見据えて尋ねた。

「心当たりと申されても、病と称して出仕をしていない関川が江戸に行っていたのも知らぬ事でしてな」

梶原は狼狽えた。

「ほう。関川泰之助どの、病と称して出仕をせずにいたのですか……」

「如何にも……」

「関川泰之助どの、何故そのような真似を……」

和馬は眉をひそめた。

「実は、関川泰之助どの、二年前に初めて妻を娶りましてね」

「二年前に初めて妻を……」

和馬は戸惑った。

「随分、遅いんですね……」

勇次は、関川泰之助の年格好を思い出して驚いた。

「うむ。四十を過ぎて漸く娶った妻は、志保どのと申される二十半ばの女子でな……」

「そりゃあ又、随分と若い……」

勇次の驚きは続いた。

「うむ。その若い妻の志保どのがな……」

梶原は声を潜めた。

「はい……」

和馬と勇次は、思わず身を乗り出した。

「二十日程前、若い情夫と駆落ちをしたようなのだ……」

「駆落ち……」

和馬と勇次は驚き、思わず声に出した。

「うむ。それで関川は病と称して家に閉じ籠ってしまってな。今でも閉じ籠っているると思っていたのだが……」

梶原は、呆然とした面持ちになった。

「梶原さん、志保さんが駆落ちをした若い情夫、ひょっとしたら坂本秀平と云う者ではありませんか……」

和馬は訊いた。

「おお、そうだ。その坂本秀平だ……」

梶原は頷いた。

「やはり……」

「和馬の旦那……」

「うむ。関川は妻の志保と坂本秀平が江戸に駆落ちしたと知り、捜していたのだ」

和馬は読んだ。

「ええ……」

勇次は頷いた。

「して梶原さん、坂本秀平はやはり牛久藩家中の者なのですか……」

「いえ。志保どのの御父上、佐山大八郎(さやまだいはちろう)さまは我が藩の年寄りでな。坂本秀平はその家来筋の家の者ですよ」

「ならば、志保どのとは子供の頃からの知り合いなのですか……」

「うむ。きっとな……」

梶原は頷いた。

「そうですか……」

「和馬の旦那……」

「ああ……」

関川泰之助は、四十歳を過ぎて初めて妻を娶った。そして二年が過ぎ、若い妻の志保は二十日程前に家来筋の坂本秀平と駆落ちをした。

関川泰之助は追って江戸に出て、不忍池の畔で殺された。

和馬と勇次は、目付の梶原忠太夫の話の裏取りを始めた。そして、駆落ちした妻の志保と坂本秀平が江戸に知り合いがいるかどうか、調べる事にした。

「下谷、神田、浅草の口入屋の殆どに聞き込みをしましたが、牛久から来た坂本秀平は浮かびませんねえ」

雲海坊と由松は、溜息混じりに酒を飲んだ。

「そうか。ま、牛久から来た坂本秀平だけじゃあ、見付かるものも見付からないか……」

幸吉は苦笑した。

新八は、幸吉、雲海坊、由松に酒を注いだ。

「おう、すまないな……」

由松は、新八に酌をした。

「こいつはどうも……」

新八は、嬉しげに酒を飲んだ。

「ま。和馬の旦那と勇次が帰って来れば、もっと仔細が分かり、違う捜す手立てもあるだろう」

　幸吉は酒を飲んだ。


　翌日の夕刻。

　南町奉行所に和馬は帰って来た。

　和馬は、旅の埃を落とし、手足を洗って久蔵の用部屋に急いだ。

「おお、御苦労だったな」

　久蔵は、和馬を労った。

「いえ。只今、牛久から戻りました」

「うむ。して、どうだった……」

「はい。いろいろわかりましたよ」

　和馬は笑みを浮かべ、牛久で分かった事を久蔵に報せた。

　久蔵は、和馬の報せを聞き終えた。

「成る程、関川泰之助、二年前に漸く娶った若い女房に駆落ちされ、追って来たか……」

久蔵は苦笑した。

「はい。そして、不忍池の畔で妻の志保と駆落ちをした坂本秀平を討ち果たそうとして返討ちにあった……」

和馬は読んだ。

「うむ。して和馬、駆落ちした志保や坂本秀平の立ち廻り先、分かったのか……」

久蔵は眉をひそめた。

「はい。幾つか分かりました。柳橋には勇次が報せる手筈ですので、明日からにでも動くものかと……」

和馬は告げた。

「そうか……」

「はい……」

「それにしても、二年前に漸く娶った若い妻に駆落ちされるとは、辛いな……」

久蔵は、関川泰之助に少なからず同情した。

「ええ。病と偽って家に閉じ籠り、駆落ちした妻を追い、殺された。哀れなものですよ」

「うむ……」

久蔵は頷いた。

関川泰之助の若い妻の志保には、娘の頃の知り合いが江戸の浅草で暮らしていた。

雲海坊と新八が浅草に急いだ。

志保の駆落ち相手の坂本秀平は、やはり江戸の入谷(いりや)に知り合いがいた。

勇次と由松は、入谷に走った。

浅草広小路は、金龍山浅草寺(せんそうじ)の参拝人や奥山に遊びに来た者で賑わっていた。

雲海坊と新八は、浅草広小路を横切って花川戸町の料理屋を訪れ、仲居のおせんを呼び出した。

仲居のおせんは、怪訝な面持ちで店の裏口から出て来た。

「何ですか……」

おせんは、前掛けで濡れた手を拭って迷惑そうに眉をひそめた。

「ちょいと尋ねるが、おまえさん、牛久から奉公に来たおせんだね」

雲海坊は笑い掛けた。

「ええ、そうですけど……」

おせんは、戸惑いを浮かべた。

「関川志保さんを知っているね」

雲海坊は尋ねた。

「ええ。存じておりますが、志保さんが何かしたんですか……」

おせんは眉をひそめた。

「お前さんを訪ねて来ませんでしたか……」

「いいえ。来ていませんが、志保さん、本当に江戸に来ているんですか……」

おせんは逆に尋ねた。

「本当にって……」

新八は眉をひそめた。

「何日か前、志保さんの旦那さまが訪ねて来ましてね。志保は来なかったかと……」

関川泰之助は、おせんを訪ねて来ていた。

「それでどうしたんだい……」

「志保さん、私の処には来ちゃあいないから、知らないと云いましたよ。そうしたら、旦那さまは、がっかりされた様子でお帰りになりましてね。志保さん、本当に江戸に来ているんですか……」

おせんは、戸惑いと困惑を浮かべた。

その言葉に嘘偽りはない……。

何れにしろ、志保は江戸にいる知り合いのおせんの許には現れていない。

「ああ。じゃあ志保さんが江戸に来たら、お前さんの他に誰の処に行くかな」

雲海坊は訊いた。

「さあ……」

おせんは、困惑したように首を捻った。

「心当たり、ないかな……」

雲海坊は、おせんに笑い掛けた。

入谷鬼子母神(きしもじん)裏の長屋の奥の家には、人足姿の浪人大原新吾(おおはらしんご)が酔い潰れていた。

「昼間から酔い潰れやがって……」

勇次は呆れた。

「日雇いの人足仕事に溢れたんだろう」

由松は苦笑した。

「おい、起きろ……」

勇次と由松は、大原新吾を揺り動かして眼を醒まさせた。

「な、何だ、お前たちは……」

大原は、赤い眼で言葉を縺れさせた。

「お上の御用を承っている者だ……」

勇次は、懐の十手を見せた。

「えっ、水、水を……」

大原は、傍らにあった土瓶の水を喉を鳴らして飲んだ。

「大原さん、牛久から坂本秀平が来たね……」

勇次は尋ねた。

「坂本秀平だと……」

大原は眉をひそめた。

「ああ。餓鬼の頃からの遊び仲間の坂本秀平だ。来ただろう」

勇次は、重ねて尋ねた。

「ああ、来たぜ……」

「女連れか……」

由松は訊いた。

「ああ。主筋(しゅうすじ)か何か知らねえが、偉そうな女と一緒にな……」

大原は吐き棄てた。

坂本秀平は志保と駆落ちをし、江戸は入谷鬼子母神裏の大原の長屋に現れていた。

「で、坂本と女はどうした……」

「女がこんな狭くて汚い処は嫌だと抜かしやがって、直ぐに出て行っちまったよ」

大原は、腹立たしげに告げた。

志保は、我儘(わがまま)な女であり、坂本秀平との関係では主導権を握っているようだ。

勇次と由松は知った。

「何処に行った……」

勇次は尋ねた。

「知るか。何処に行ったかなんて知らねえぜ」

「じゃあ、何処に行ったと思う……」

由松は、大原を鋭く見据えた。

「だから、知らねえって……」

「嘘偽りはねえだろうな……」

由松は、大原を遮って冷たく笑い掛けた。

「や、谷中の香林寺って寺だ」

大原は、喉を引き攣らせた。

「谷中の香林寺……」

「ああ……」

「どうしてそう思うんだい……」

「香林寺の善空(ぜんくう)和尚、牛久の出でな。牛久者の話を聞いてくれる。だから行けと……」

地方から江戸に出て来た者は、長屋を借りたり奉公に出るのに身請人が必要だった。

身請人がいる者は良いが、いない者は寺の住職に金を払ってなって貰ったりしていた。

谷中香林寺の善空和尚は、金で身請人を引き受ける坊主なのだ。

「そうか。良く分かったぜ……」

由松と勇次は、入谷から谷中の香林寺に行く事にした。


下谷広小路は、東叡山寛永寺や不忍池の弁財天の参拝客で賑わっていた。

上野北大門町の小間物屋『紅屋』は、女客で賑わっていた。

雲海坊と新八は、小間物屋『紅屋』を眺めた。

「随分、繁盛していますね……」

新八は感心した。

「ああ……」

雲海坊は頷いた。

浅草花川戸町の料理屋の仲居おせんは、志保は『紅屋』の白粉の白梅香、牡丹紅などの口紅を好み、牛久にいた頃には良く取り寄せていたと告げた。

ならば、江戸に来たからには、必ず『紅屋』を訪れる。

雲海坊は読んだ。

「よし、行くよ……」

雲海坊は、小間物屋『紅屋』に向かった。


小間物屋『紅屋』の番頭は、訪れた雲海坊と新八を帳場の隅に誘った。

雲海坊は、帳場の框に腰掛けた。

「で、関川志保さまにございますか……」

番頭は訊き返した。

「ええ。此方の紅白粉を好まれていると聞きましてね……」

「そりゃあもう、御贔屓頂いております」

番頭は、笑顔で頷いた。

「ひょっとしたら、お店に……」

新八は訊いた。

「はい。今迄は牛久にお取り寄せ頂いていたのですが、四日前に初めてお店にお見えになられ、白梅香と牡丹紅をお買い求め下さいましてね」

「四日前。来ましたか、此処に……」

新八は身を乗り出した。

「はい。それで、わざわざお越し戴くのも何ですから、月に一度、手代に品物を持たせて御贔屓廻りをさせるのは、如何ですかと……」

「御贔屓廻り……」

「ええ。そうしたら、そうしてくれと仰いましてね」

「何処ですか、志保の家は……」

雲海坊は尋ねた。

「えっ。関川志保さまが何か……」

番頭は、戸惑いを浮かべた。

「何処です、志保の家……」

雲海坊は、番頭に笑い掛けた。

「ちょいとお待ち下さい……」

番頭は、帳場から御贔屓帳を取って捲った。

「ああ。今の処は谷中の香林寺の家作に仮住まいになっておりますね」

番頭は、御贔屓帳を見ながら告げた。

「谷中の香林寺……」

雲海坊は眉をひそめた。

「じゃあ、雲海坊さん……」

小間物屋『紅屋』のある上野北大門町から谷中は近い。

雲海坊と新八は、不忍池の畔を通って谷中に向かった。

三

谷中は東叡山寛永寺の北側に広がり、富籤(とみくじ)で名高い天王寺(てんのうじ)や岡場所のいろは茶屋がある。

そして、多くの寺があった。

香林寺は、その多くの寺の中の一軒だった。

寺の連なる通りには、僧侶の読む経と線香の香りが漂っていた。

雲海坊と新八は、連なる寺の通りを進んだ。

風呂敷包みを持った粋な形(なり)の女が路地から現れ、雲海坊と新八に微笑みを浮かべて会釈をし、擦れ違って行った。

うん……。

雲海坊は、微かな違和感を覚えて擦れ違った粋な形の女を振り返った。

粋な形の女は、立ち去って行く。

「雲海坊さん……」

新八が、一軒の寺の山門の前に立ち止まって雲海坊を呼んだ。


雲海坊と新八は、香林寺の山門から境内を窺った。

境内は綺麗に掃除がされ、本堂や庫裏などが並んでいた。

「家作は本堂の裏ですかね……」

新八は読んだ。

「きっとな……」

雲海坊は頷いた。

「じゃあ俺、裏に行ってみます」

新八は、香林寺の裏手に行った。

雲海坊は、香林寺を窺った。

通りに人が来る気配がした。

雲海坊は、素早く木陰に隠れた。

勇次と由松がやって来た。

「何だ、由松に勇次か……」

雲海坊は木陰を出た。

「雲海坊さん……」

勇次は戸惑った。

「良く此処が分かったな……」

雲海坊は笑った。

「えっ……」

「此処に坂本秀平と志保がいるんですかい」

由松は、鋭い眼差しで香林寺を窺った。

「志保が上野北大門町の紅屋って小間物屋に紅白粉を買いに来て、香林寺の家作に仮住まいしているのが分かってな」

「そうでしたか……」

「で、そっちは……」

「此の香林寺の住職が牛久の出で、牛久から来た訳ありの面倒を見ていると……」

勇次は、香林寺の境内を窺った。

「成る程……」

「で、家作の方は……」

「裏だろうと、新八が行っている」

「じゃあ、あっしも行ってみますよ」

由松は、香林寺の裏に廻って行った。

「で、香林寺の住職の善空和尚には、逢いましたか……」

「未だだが、香林寺の住職、善空って云うのかい……」

「はい……」


香林寺の裏門を入った処には、小さな家作があった。

牛久から駆落ちして来た坂本秀平と志保は、此の家作に隠れて暮らしているのか……。

新八は、家作に忍び寄って中の様子を窺った。

家作の中からは、人の声や物音は聞こえなかった。

新八は、家作の庭に廻った。

家作の庭は、本堂の裏の雑木林に続く狭いものだった。

新八は庭にやって来た。

家作は、雨戸が閉められていた。

誰もいないのか……。

新八は戸惑い、雨戸の傍に忍び寄った。

やはり、家作に人の気配はなく、物音は聞こえなかった。

坂本秀平と志保は出掛けているのか……。

新八は、見定める手立てを探した。

「新八……」

由松がやって来た。

「由松さん……」

「誰もいねえようだな……」

由松は、家作を眺めた。

「ええ……」

新八は頷いた。

「よし……」

新八は、家作の戸口に廻った。

家作の戸に錠は掛けられていなかった。

由松は戸を開けた。

家作の中は薄暗く、人のいる気配は窺えなかった。

「御免下さい……」

新八は、念の為に家作の中に声を掛けた。

家作から返事はなかった。

由松は、家作の中に上がった。

新八が続いた。

狭い土間と板の間、そして座敷が続く家作は薄暗かった。

「新八、雨戸を開けてみな……」

由松は命じた。

新八は返事をし、障子と雨戸を開けた。

陽が差し込んだ。

座敷には、畳まれた蒲団だけがあった。そして、板の間の隅には、やはり畳まれた蒲団と風呂敷包みがあった。

由松は、風呂敷包みを解いた。

中には男物の羽織と着物や下帯などが入っており、刀などもあった。

「坂本秀平の物ですね」

新八は睨んだ。

「ああ。新八、座敷に女の荷物はあったか……」

「いいえ、ありません。蒲団だけです」

「よし。新八、雲海坊の兄貴と勇次を呼んで来い……」

由松は、厳しい面持ちで告げた。


「坂本秀平の荷物しかない……」

雲海坊は眉をひそめた。

「ええ。一緒に駆落ちした志保の荷物、何処にもありませんぜ」

由松は、家作の中を見廻した。

「どう云う事ですか……」

勇次は、戸惑いを浮かべた。

「志保は、もう此処にはいないのかもしれないな……」

由松は読んだ。

「いないって、坂本秀平はいるんですよね」

新八は困惑した。

「新八。惚れ合って駆落ちした男と女が座敷と板の間に別れて寝るかな……」

由松は、座敷と板の間に畳まれている蒲団を示した。

「成る程。由松さん、此の駆落ち、只の駆落ちじゃあないのかもしれませんね」

勇次は眉をひそめた。

「ああ……」

由松は苦笑した。

「よし。住職の善空に当ってみてくれ」

雲海坊は決めた。


由松と勇次は、香林寺の住職善空に逢った。

「うむ。坂本秀平なら拙僧の口利きで千駄木(せんだぎ)の植木屋で日雇い人足をしていますよ」

善空は、肥った身体を揺らした。

「植木屋の日雇い人足……」

口入屋を当っても浮かばない筈だ……。

由松は苦笑した。

「ああ。僅かな金を懐に駆落ちして来て、金を稼がないとどうしようもなくてね」

善空は苦笑した。

「で、一緒に牛久から出て来た志保は……」

勇次は尋ねた。

「家作にいませんでしたか……」

「ええ。家作には誰も……」

「そうか。いませんでしたか……」

善空は吐息を洩らした。

「何か……」

勇次は眉をひそめた。

「いや。牛久者と聞いて何かと力になったつもりなのだが、坂本秀平は一生懸命の様子だったが、志保の方はどうにもねえ……」

「一生懸命じゃありませんでしたか……」

「うん。秀平を顎で使って稼いで来た僅かな金を取り上げては、毎日出歩いて。今日も何処に行ったのやら……」

善空は眉をひそめた。

勇次と由松は、顔を見合わせた。


勇次と由松は、待っていた雲海坊と新八に事の次第を報せた。

「坂本秀平は植木屋で日雇いの人足働き、志保は毎日出歩いているか……」

雲海坊は眉をひそめた。

「ええ。あっしは分かった事を親分に報せます……」

「よし。じゃあ、俺は千駄木の植木屋植甚に行ってみるぜ」

由松は告げた。

「じゃあ、俺も行こう」

雲海坊は頷いた。

「じゃあ新八、お前は此処に残って志保が戻って来るのを待ってみな」

勇次は命じた。

「承知……」

新八は頷いた。

千駄木は谷中の北西にあり、直ぐ近くだ。

由松と雲海坊は、千駄木坂下町の通りを団子坂に進んだ。そして、辻を小川沿いの田舎道に曲がった。

由松と雲海坊は、小川沿いの田舎道を進んだ。

田舎道の先に植木屋『植甚』はあった。

植木屋『植甚』の周りには、様々な植木が植えられていた。

数人の植木職人と人足は、楓の木を掘り出していた。

由松と雲海坊は、植木屋『植甚』を訪ねた。

植木屋『植甚』の親方甚兵衛は、贔屓先の屋敷の庭木の手入れに若い職人と人足を連れて出掛けていた。

その人足の中には、日雇い人足の坂本秀平もいた。

帰って来るのは夕暮れ時か……。

由松と雲海坊は読み、坂本秀平が親方の甚兵衛たちと戻って来るのを待つことにした。

微風が吹き抜け、小川沿いに広がる田畑の緑が揺れていた。

南町奉行所は、与力同心の退出の刻限が近付いていた。

久蔵の用部屋には、和馬、幸吉、勇次が訪れていた。

勇次は、駆落ちした坂本秀平と志保の江戸に来てからの足取りと、今は谷中の香林寺の家作にいる事を報せた。

「して、坂本秀平と志保はどのように暮らしているんだ……」

久蔵は尋ねた。

「そいつが、坂本秀平は板の間、志保は座敷に別々に寝ているようでしてね……」

勇次は告げた。

「何……」

和馬は、思わず声をあげた。

「和馬……」

久蔵は苦笑した。

「は、はい。駆落ちしてきた男と女が別々に寝ているとは思いもしなかったので……」

和馬は眉をひそめた。

「勇次、詳しく話してみな……」

久蔵は促した。

「はい……」

勇次は、二人の間の主導権は志保が握っており、坂本秀平は日雇い人足働きをして、志保は毎日出歩いている事などを話した。

「志保ってのは、そんな女なのか……」

和馬は呆れた。

「はい。調べた限りでは……」

勇次は頷いた。

「秋山さま、こうなると、坂本秀平と志保の駆落ちは……」

幸吉は眉をひそめた。

「うむ。互いに惚れ合った男と女の為出かした事じゃあねえのかもしれねえな」

久蔵は苦笑した。

夕陽は、南町奉行所の中庭に赤く差し込み始めた。


谷中香林寺の本堂の甍は、夕陽を受けて輝いた。

新八は、家作の庭で志保が帰って来るのを待っていた。

だが、睨みの通り、志保が帰って来る気配は窺われなかった。

志保は、牛久から駆落ちして来た坂本秀平を棄てたのかもしれない。

だったら酷い女だ……。

新八は、坂本秀平に同情した。


千駄木の田畑は夕陽に覆われた。

植木屋『植甚』の植木職人と人足は、掘り出した楓を筵や縄で養生(ようじょう)し、大八車に乗せて運び去った。

雲海坊と由松は、『植甚』の親方の甚兵衛と職人や人足の帰りを待っていた。

『植甚』のおかみさんの話では、坂本秀平は真面目な働き者で一生懸命に人足働きをしていた。

「真面目な働き者か……」

由松は苦笑した。

「ああ。坂本秀平、主筋の志保を秘かに慕っていた。そして、志保に駆落ちに誘われ、一も二も無く応じたって処かな……」

雲海坊は読んだ。

「きっと。真面目も過ぎれば命取りですぜ」

由松は、微かな苛立ちを滲ませた。

男たちが、団子坂の辻からの田舎道を大八車を引いてやって来た。

おそらく、植木屋『植甚』の親方甚兵衛と職人、そして日雇い人足の坂本秀平たちだ。

「由松……」

雲海坊は、錫杖を握り締めた。

「ええ……」

由松は、厳しい面持ちで右手の指に角手(かくて)を嵌(は)めた。

甚兵衛たちは、大八車を引いてやって来る。

日雇い人足の坂本秀平は、大八車を引いているか押しているかのどちらかだ。

雲海坊と由松は、見定めようとした。
「やあ、なんだい、お前さんたち……」
親方の甚兵衛は、雲海坊と由松に怪訝な視線を向けた。
刹那、大八車を引いていた人足が畑に跳び下りた。
坂本秀平だ……。
雲海坊と由松は見定めた。
「秀平……」
甚兵衛や職人たちは驚いた。
由松が畑に跳び下り、逃げた坂本秀平を追った。
雲海坊は続いた。
坂本秀平は、雲海坊と由松が追手だと気が付き、夕暮れ時の畑を東に向かって逃げた。
由松と雲海坊は追った。
東には谷中の寺町があり、香林寺がある。
坂本秀平は、香林寺に逃げようとしているのかもしれない。
それは、志保に一目逢いたいからに他ならない……。

由松と雲海坊は、坂本秀平の逃げる先を読みながら追った。

坂本秀平の逃げ足は速かった。


谷中香林寺は、夕暮れ時の青黒さに覆われていた。

新八は、家作と裏門の見える処に潜んで見張り続けた。

志保は戻らず、家作は暗いままだった。

やはり志保は、駆落ちをして来た坂本秀平を棄てたのかもしれない。

いや、棄てたのだ……。

新八は、志保に怒りを覚えた。

香林寺の裏門が開いた。

新八は、素早く茂みに身を潜めた。

若い人足が駆け込み、開いた裏門を閉めた。そして、物陰に隠れて乱れた息を必死に整えた。

坂本秀平か……。

新八は見守った。

若い人足は、家作に明かりが灯されていないのに気が付いた。

「志保さま……」

若い人足は、哀しげに声を震わせた。

坂本秀平に違いない……。

新八は見定めた。

坂本秀平はその場に座り込み、暗い家を見詰めて肩を激しく震わせた。

裏門が開き、由松と雲海坊が入って来た。

坂本秀平は逃げず、蹲ったまま啜り泣いた。

新八は茂みから出た。

「新八……」

由松は、泣いている坂本秀平を見詰めた。

「坂本秀平ですぜ」

新八は頷いた。

「で、志保は……」

雲海坊は尋ねた。

「帰って来ませんよ」

新八は、腹立たしげに告げた。

坂本秀平は泣いた。

四

坂本秀平は、常陸浪人として大番屋に繋がれた。

久蔵は、和馬と共に大番屋に赴いた。

大番屋では幸吉が待っていた。

「坂本秀平の様子は……」

久蔵は、幸吉に尋ねた。

「一晩中、啜り泣いていたそうですが、今朝はもう泣き止んでいたとか……」

幸吉は告げた。

「そうか。よし、詮議場に引き据えろ」

久蔵は命じた。

坂本秀平は、幸吉と大番屋の牢番によって詮議場に引き立てられた。

詮議場の座敷に久蔵がおり、框に和馬が腰掛けていた。

坂本秀平は、久蔵と和馬の前の筵に引き据えられた。

「常陸浪人の坂本秀平だな」

和馬は、坂本秀平を見据えた。

「はい……」

坂本秀平は、妙にすっきりした面持ちで和馬を見上げた。

一晩泣いて吹っ切れたか……。

久蔵は読んだ。

「で、坂本、お前、過日、不忍池の畔で牛久藩士の関川泰之助を殺したな……」

和馬は尋ねた。

「はい。殺しました……」

坂本は、素直に頷いた。

「仔細を話して貰おうか……」

和馬は促した。

「はい。あの日は不忍池の畔の料理屋の植木の手入れに行きましたが、昼頃から雨が降り出して、植甚の親方、仕事を止めにしたんです。そして、俺に此処で帰りなと云ったので、親方たちと分かれて谷中に……」

「その途中、関川泰之助に逢ったのか……」

「はい。ばったりと……」

「で、争いになり、関川泰之助を殺した……」

和馬は読んだ。

「はい。関川さまが刀を抜き、斬り掛かって来たので闘いました。私は必死でした。無我夢中で闘いました。そして、我に返った時には殺していました」

坂本は、吐息を洩らした。

「そうか。良く分かった……」

坂本秀平が、関川泰之助を不忍池の畔で殺した経緯は分かった。

「処で坂本……」

久蔵は、坂本に笑い掛けた。

「はい……」

「関川泰之助がお前に斬り掛かったのは、お前が関川の妻の志保と駆落ちしたからだな」

「はい……」

坂本は頷いた。

「して、その駆落ちして来た相手の志保はどうしたのだ……」

「分かりません……」

坂本は、小さな笑みを浮かべた。

「分からない……」

久蔵は眉をひそめた。

「はい。所詮、私は志保さまにとって江戸迄の道案内、お供に過ぎなかったのです。駆落ちなんかではなかったのです」

坂本は、穏やかな面持ちで自分の立場を読んだ。

既に怒りや哀しみ、未練を棄てている……。

久蔵は睨んだ。

「それで良いのか、坂本……」

「えっ……」

「志保はお前を駆落ちに誘い、追手の関川泰之助を殺させ、勝手に姿を消した。それを放って置いていいのか……」

久蔵は、秘かに煽った。

「志保さまは主筋のお嬢さま、駆落ちを真に受けた私が愚かだったのです」

坂本は、久蔵の煽りに乗らず、己を冷ややかに笑った。

「成る程。して坂本、志保は今、何処にいるのか知っているか……」

久蔵は、坂本を見据えた。

「いいえ。存じません……」

坂本は、久蔵を見返した。

「そうか。良く分かった……」

久蔵は笑った。


関川志保は、坂本秀平を棄てて何処に行ったのか……。

久蔵は、和馬と柳橋の幸吉たちに関川志保を捜し出すように命じた。

勇次、雲海坊、由松、新八は手分けして志保の行方を追った。

「それにしても関川志保、駆落ちして来た坂本秀平を棄てて何処に消えたのか……」

和馬は眉をひそめた。

「情夫(おとこ)ですかね」

幸吉は読んだ。

「うん。だが、今迄に江戸に住んでいた訳でもなく、牛久から出て来て未だ一ヶ月も経っちゃあいない。情夫なんて出来るかな」

和馬は首を捻った。

「そりゃあ、殆どの女は無理でしょうが、志保なら出来るのかもしれませんよ」

幸吉は苦笑した。

「そうか、志保なら出来るか……」

和馬は、真顔で頷いた。

「亭主を棄てて若い男を誑かし、殺し合いをさせるような女ですからね」

幸吉は、微かな怒りを過ぎらせた。


志保は、牛久藩江戸上屋敷詰の家来と秘かに通じていて、江戸に来たのかもしれない……。

勇次と由松は、赤坂溜池の牛久藩江戸上屋敷に古くからいる小者に酒を飲ませ、女好きの家来の名を聞き出そうとした。

古くからいる小者は、酒を飲みながら納戸方組頭の村上宗十郎の名を告げた。

勇次と由松は、納戸方組頭の村上宗十郎の身辺を調べる事にした。

谷中の香林寺に行く時、風呂敷包みを抱えた粋な形の女と擦れ違った。

その時、雲海坊は微かな違和感を覚え、思わず振り返った。

あの女が志保だったのだ……。

雲海坊は苦笑した。

「でも、此の広い江戸です。何処をどう捜すんですか……」

新八は、困惑を浮かべた。

「新八、手掛りは一つだ。忘れたか……」

「えっ……」

「谷中の香林寺には、どうやって辿り着いた」

「そうか、小間物屋の紅屋ですか……」

「ああ……」

雲海坊は笑った。

「そう云えば、月に一度、紅白粉を届けに行くと云っていましたね」

新八は、顔を輝かせた。

「行くよ……」

雲海坊と新八は、下谷広小路傍の上野北大門町の小間物屋『紅屋』に急いだ。

小間物屋『紅屋』は、相変わらず女客で賑わっていた。

「えっ。昨日、来た……」

新八は眉をひそめた。

「ええ。関川志保さま、昨日、婆やさんを連れてお見えになりましたよ」

番頭は告げた。

「雲海坊さん……」

新八は、雲海坊を振り向いた。

「うん。で、志保さん、引っ越したと云っていなかったかな」

雲海坊は尋ねた。

「はい。仰っていましたが……」

番頭は頷いた。

「じゃあ、引っ越し先が何処かは……」

志保は、月に一度の紅屋の御贔屓廻りの為に引っ越し先を教えた筈なのだ。

雲海坊は読んだ。

「それが、此からは婆やさんが紅白粉を買いに来ると仰いましてね」

番頭は告げた。

「婆やが……」

「ええ。ですから引っ越し先は伺ってはいないのでして……」

「そうですか……」

「どうします、雲海坊さん……」

新八は焦った。

「焦るな新八。で、番頭さん、婆やは次、いつ頃、来るのかな……」

雲海坊は訊いた。

「そうですねえ……」

番頭は、御贔屓帳を捲った。

雲海坊と新八は待った。

「十日後ぐらいですかねえ……」

「十日か……」

雲海坊は眉をひそめた。

「はい……」

番頭は頷いた。

「どうします。雲海坊さん……」

「待つしかないさ……」

雲海坊は苦笑した。


牛久藩納戸方組頭の村上宗十郎は、背の高い偉丈夫だった。

勇次と由松は、村上宗十郎の身辺を調べた。

村上は、若い頃から様々な女と浮名を流していたが、今では牛久藩江戸上屋敷内に組屋敷を与えられ、妻子と暮らしていた。

「それにしても村上宗十郎は親代々の江戸詰。牛久で生まれ育った志保。いつ何処で繋がりますかね……」

勇次は首を捻った。

「志保が牛久を出て江戸に来たのは、今度が初めて。となると、村上が役目で牛久に行った時しかないな……」

「ええ……」

「よし、その辺りを詳しく調べてみるか……」

由松は、牛久藩江戸上屋敷を眺めた。

下谷広小路は賑わった。

雲海坊と新八は、上野北大門町の小間物屋『紅屋』を見張り、志保の処の婆やが来るのを辛抱強く待った。

数日が過ぎた。


勇次と由松は、牛久藩江戸上屋敷を見張り続けていた。

牛久藩江戸上屋敷の表門脇の潜り戸が開き、古くからいる酒好きの小者が出て来た。

由松と勇次は、物陰から見守った。

古くからいる酒好きの小者は、由松と勇次に頷いて見せた。

背の高い中年の武士が潜り戸から出て来た。

「村上宗十郎だ……」

由松は見定めた。

「ええ……」

勇次は、喉を鳴らして頷いた。

村上宗十郎は、酒好きの小者に見送られて出掛けた。

「追います」

「ああ……」

勇次と由松は、村上宗十郎を追った。


村上宗十郎は、溜池から外濠沿いを進んで汐留川沿いを東に向かった。そして、汐留橋を渡り、三十間堀沿いを木挽町に入った。

勇次と由松は尾行た。

木挽町は、北から南に一丁目から七丁目まである。

村上は七丁目から北に進み、一丁目の裏通りにある板塀を廻した仕舞屋に入った。

勇次と由松は見届けた。

「さあて、誰の家ですかね」

勇次は、仕舞屋を見廻した。

「ま、情婦の家だろうな……」

由松は、薄笑いを浮かべた。

　勇次は、木挽町一丁目の自身番に走った。

　仕舞屋は、日本橋室町の茶道具屋の持ち家であり、半年前迄は病死した隠居が妾を囲っていた。そして、十日程前から粋な形の女と婆やが暮らし始めていた。

「その粋な形の女が志保かどうかは、未だ分かりませんがね……」

　勇次は、自身番で聞いて来た事を告げた。

「うん。ま、見張るしかないだろうな」

　由松は頷いた。

「ええ……」

「勇次、此の事を秋山さまと和馬の旦那に報せた方がいいかもしれないな」

　由松は告げた。

　木挽町一丁目から数寄屋橋御門内の南町奉行所は近い。

「はい。じゃあ……」

　勇次は頷き、南町奉行所に走った。

　雲海坊と新八は、上野北大門町の小間物屋『紅屋』を見張り続けた。

小間物屋『紅屋』には、多くの女客が出入りしていた。

地味な形の年老いた女が、小間物屋『紅屋』に入って行った。

「雲海坊さん、婆やかもしれませんね」

新八は眉をひそめた。

「うん……」

雲海坊は、小間物屋『紅屋』を見詰めた。

僅かな刻が過ぎ、年老いた女が風呂敷包みを抱えて現れ、明神下の通りに向かった。

店内から番頭が現れ、雲海坊と新八に頷いて見せた。

「雲海坊さん、やっぱり婆やです」

新八は声を弾ませた。

「うん。追うよ……」

雲海坊と新八は、風呂敷包みを抱えた婆やを追った。


「あの仕舞屋か……」

久蔵は、目深に被っていた塗笠を上げて板塀に囲まれた仕舞屋を眺めた。

「はい。ですが、粋な形の女が志保かどうかは未だ……」

由松は眉をひそめた。

「うむ……」

久蔵は頷いた。

「で、由松、牛久藩の村上宗十郎は……」

和馬は尋ねた。

「未だいますよ」

由松は苦笑した。

「そうか……」

風呂敷包みを抱えた婆やが、疲れた足取りで仕舞屋に戻って来た。そして、板塀の木戸から仕舞屋に入った。

「婆やですね……」

勇次は睨んだ。

「ああ……」

「秋山さま、和馬の旦那……」

雲海坊と新八が駆け寄って来た。

「婆さん、此の仕舞屋に入りましたか……」

新八は尋ねた。

「ああ、あの婆さんがどうかしたのかい……」

和馬は訊いた。

「志保の処の婆やです」

「じゃあ、やはり此の仕舞屋にいる粋な形の女ってのは……」

和馬は眉をひそめた。

「うむ。関川志保に違いあるまい……」

久蔵は見定めた。


僅かな刻が過ぎた。

仕舞屋の板塀の木戸門が開いた。

粋な形の女と村上宗十郎が出て来た。

久蔵は、二人の前に立ち塞がった。

粋な形の女と村上宗十郎は、戸惑いを浮かべた。

「関川志保だね……」

久蔵は、粋な形の女を見据えた。

「えっ……」

志保は、怯えを過ぎらせた。

「何だ、おぬしは……」

村上は、志保を後ろ手に庇うように久蔵に対した。

「私は南町奉行所吟味方与力の秋山久蔵。関川泰之助殺しの件で訊きたい事があってね」

久蔵は、厳しい面持ちで志保に告げた。

和馬、勇次、雲海坊、由松、新八が現れて素早く取り囲んだ。

「おぬし、牛久藩納戸方組頭の村上宗十郎どのかい……」

久蔵は笑い掛けた。

村上は、己の素性が既に調べられているのに気が付き、狼狽えた。

「関川志保、駆落ちして来た坂本秀平に夫の関川泰之助を殺させた疑いがありましてな。村上どのも何か拘りがあるのかな……」

久蔵は、村上を冷たく見据えた。

「ない。私はない。私は関川泰之助殺しに拘りなどない……」

村上は、慌てて志保から離れた。

「ま、関川殺しに拘りがなくても、志保の駆落ちに拘りがあれば、牛久藩には報せる迄だが……」

久蔵は、村上を冷笑した。

「そ、そんな……」

村上は、呆然と立ち竦んだ。

久蔵は、志保に向き直った。

「志保、お前に誘われて駆落ちをし、関川泰之助を殺し、棄てられた坂本秀平は、酷い女に現を抜かした己の愚かさを恥じているぜ」

久蔵は、志保に笑い掛けた。

「それはお気の毒に……」

志保は微笑んだ。

男好きのする艶然とした微笑みだった。

「志保、そいつはもう通用しねえ……」

久蔵は苦笑した。

志保の微笑みは凍て付いた。

「南町奉行所に来て貰うぜ……」

久蔵は、冷たく云い放った。


坂本秀平は、関川泰之助殺しで死罪の裁きが下された。

久蔵は、赤坂溜池の牛久藩江戸上屋敷を訪れ、江戸留守居役に逢った。そして、関川志保と坂本秀平の駆落ちと関川泰之助殺しについて詳しく報せた。

江戸留守居役は、事の真相を知って怒りを露わにした。

納戸方組頭の村上宗十郎は、役目を利用して茶道具屋に便宜を計る約束で木挽町の仕舞屋を借り、公金を使い込んでいたのが判明した。

村上宗十郎は、牛久藩の裁きを待たずに切腹した。

牛久藩は、志保を国許の関川家に戻した。

おそらく志保は、関川家と牛久藩によって厳しい仕置を受けるだろう。

それも仕方があるまい……。

久蔵は、業(ごう)に沈んだ志保を哀れんだ。

隅田川には川風が吹き抜けていた。

勇次の漕ぐ猪牙舟は、久蔵を乗せて隅田川を遡った。
柳橋の弥平次と久し振りに一杯やる……。
久蔵は、角樽(つのだる)を抱えていた。
向島の船着場が見えて来た。
「秋山さま、御隠居です」
勇次は、向島の船着場を示した。
船着場には、弥平次が佇んでいた。
久蔵は微笑み、船着場にいる弥平次に大きく手を振った。
猪牙舟の舳先が切る流れの水飛沫は、陽差しを受けて光り輝いた。

この作品は「文春文庫」のために書き下ろされたものです。

文春文庫

小糠雨（こぬかあめ）

新・秋山久蔵御用控（しん・あきやまきゅうぞうごようひかえ）（七）

定価はカバーに表示してあります

2020年4月10日　第1刷

著　者　藤井邦夫（ふじいくにお）

発行者　花田朋子

発行所　株式会社　文藝春秋

東京都千代田区紀尾井町 3-23　〒102-8008
TEL　03・3265・1211(代)
文藝春秋ホームページ　http://www.bunshun.co.jp

落丁、乱丁本は、お手数ですが小社製作部宛お送り下さい。送料小社負担でお取替致します。

印刷製本・大日本印刷

Printed in Japan
ISBN978-4-16-791479-0

（　）内は解説者。品切の節はご容赦下さい。

生き恥
藤井邦夫
秋山久蔵御用控

金目当ての辻強盗が出没した。怪しいのは金遣いの荒い遊び人とみて、久蔵は旗本の部屋住みなどの探索を進める。そんな折、和馬は旗本家の男と近しくなる。シリーズ第二十三弾。

ふ-30-28

守り神
藤井邦夫
秋山久蔵御用控

博奕打ちが殺された。この男は、お店の若旦那や旗本を賭場に誘い、博奕漬けにして金を巻き上げていたという。久蔵は手下たちとともに下手人を追う。好評書き下ろし第二十四弾！

ふ-30-29

始末屋
藤井邦夫
秋山久蔵御用控

二人の武士に因縁をつけられた浪人が、衆人環視の中、相手を斬り捨てた。尋常の立合いの末であり問題はないと誰もが庇う中、〝剃刀〟久蔵だけが違和感を持った。シリーズ第二十五弾！

ふ-30-30

冬の椿
藤井邦夫
秋山久蔵御用控

かつて久蔵が斬り棄てた浪人の妻と娘。質素ながら幸せそうに暮らす二人だったが、その様子を窺う怪しい男に気づいた和馬は、久蔵に願って調べを始める。人気シリーズ第二十六弾！

ふ-30-31

夕涼み
藤井邦夫
秋山久蔵御用控

十年前に勘当され出奔した袋物問屋の若旦那が、江戸に戻ってきたらしい。隠居した父親は勘当したことを悔い、弥平次に息子捜しを依頼する。〝剃刀〟久蔵の裁定は？　シリーズ第二十七弾！

ふ-30-32

煤払い
藤井邦夫
秋山久蔵御用控

博奕打ちが簀巻きにされ土左衛門になって上がった。博奕打ち同士の抗争らしい。〝剃刀〟久蔵は、わざと双方を泳がせて一網打尽にしようと画策する。人気シリーズ第二十八弾！

ふ-30-33

花見酒
藤井邦夫
秋山久蔵御用控

恋仲の娘を襲った浪人を殺して遠島になった男が、江戸に戻ってきた。だが今、娘には想い人が……。そんな折、島帰りの男の身に危険が迫る。そして新旧ふたりの男がとった行動とは？

ふ-30-34

野良犬
藤井邦夫
秋山久蔵御用控

久蔵や和馬が若い侍に尾行された。かつて久蔵が斬り棄てた浪人の弟らしい。〝野良犬〟のようなその男を前に、身重の香織がいる秋山屋敷は警戒を厳重にするが…。シリーズ堂々完結。

ふ-30-35

ふたり静
藤原緋沙子
切り絵図屋清七

絵双紙本屋の「紀の字屋」を主人から譲られた浪人・清七郎は、人助けのために江戸の絵地図を刊行しようと思い立つ。人情味あふれる時代小説書下ろし新シリーズ誕生！　（縄田一男）

ふ-31-1

紅染の雨
藤原緋沙子
切り絵図屋清七

武家を離れ、町人として生きる決意をした清七。与一郎や小平次らと切り絵図制作を始めるが、紀の字屋を託してくれた藤兵衛からおゆりの行動を探るよう頼まれて……新シリーズ第二弾。

ふ-31-2

飛び梅
藤原緋沙子
切り絵図屋清七

父が何者かに襲われ、勘定所に関わる大きな不正に気づく清七。武家に戻り、実家を守るべきなのか。切り絵図屋も軌道に乗ったばかりだが――。シリーズ第三弾。

ふ-31-3

栗めし
藤原緋沙子
切り絵図屋清七

二つの殺しの背後に浮上したある同心の名から、勘定奉行の関わる大きな陰謀が見えてきた――大切な人を守るべく、清七と切り絵図屋の仲間が立ち上がる！　人気シリーズ第四弾。

ふ-31-4

雪晴れ
藤原緋沙子
切り絵図屋清七

勘定奉行の不正を探るため旅に出ていた父が、消息を絶った。父の無事を確かめられるのは自分しかいない――清七は切り絵図屋を仲間に託し、急遽江戸を発つ。怒濤の展開の第五弾。

ふ-31-5

花鳥
藤原緋沙子

生類憐れみの令により、傷ついた小鳥を助けられず途方に暮れていた少女を救ったのは後の六代将軍家宣だった。七代将軍家継の生母となる月光院の人生を清冽に描く長篇。　（菊池　仁）

ふ-31-30

（　）内は解説者。品切の節はご容赦下さい。

誉田哲也
吉原暗黒譚
吉原で狐面をつけた者たちによる花魁殺しが頻発。吉原大門詰の貧乏同心・今村は元花魁のくノ一・彩音と共に調べに乗り出すが……。傑作捕物帳登場！（末國善己）
ほ-15-5

万城目　学
とっぴんぱらりの風太郎（上下）
関ヶ原から十二年。伊賀を追われ京で自堕落な日々を送る〝ニート忍者〟風太郎。行く末は、なぜか育てる羽目になった「ひょうたん」のみぞ知る。初の時代小説、万城目ワールド全開！
ま-24-5

松井今朝子
老いの入舞い　麹町常楽庵 月並の記
若き定町廻り同心・間宮仁八郎は、上役の命で訪れた常楽庵で、元大奥勤め・年齢不詳の庵主と出会う。その周囲で次々と不審な事件が起こるが…。江戸の新本格派誕生！（西上心太）
ま-29-2

宮城谷昌光
楚漢名臣列伝
秦の始皇帝の死後、勃興してきた楚の項羽と漢の劉邦。覇を競う彼らに仕え、乱世で活躍した異才・俊才たち。項羽の軍師・范増、前漢の右丞相となった周勃など十人の肖像。
み-19-28

宮城谷昌光
三国志外伝
「三国志」を著したのは、諸葛孔明に罰せられた罪人の息子だった（「陳寿」）。匈奴の妾となった美女の運命は（「蔡琰」）。三国時代を生きた、梟雄、学者、女性詩人など十二人の生涯。
み-19-35

宮城谷昌光
三国志読本
「三国志」はじめ、中国歴史小説を書き続けてきた著者が、自らの創作の秘密を語り尽くした一冊。宮部みゆき、白川静、水上勉らとの対談、歴史随想、ブックガイドなど多方面に充実。
み-19-36

宮城谷昌光
華栄の丘
詐術とは無縁のままに生き抜いた小国・宋の名宰相・華元。大国・晋と楚の和睦を実現させた男の奇蹟の生涯をさわやかに描く中国古代王朝譚。司馬遼太郎賞受賞作。（和田　宏・清原康正）
み-19-34

諸田玲子　べっぴん　あくじゃれ瓢六捕物帖
婆婆に戻った瓢六の今度の相手は、妖艶な女盗賊。事件の聞き込みで致命的なミスを犯した瓢六は、恋人・お袖の家を出る。正体を見せない女の真の目的は？　衝撃のラスト！（関根　徹）
も-18-8

諸田玲子　ともえ
近江・義仲寺で運命的な出会いをした松尾芭蕉と智月尼。最晩年の芭蕉のプラトニックな関係と、木曾義仲と巴御前との時空を超えた魂の交感を描く傑作歴史時代小説。（島内景二）
も-18-13

諸田玲子　王朝小遊記
後一条天皇の御世、藤原道長のライバルのもとに参集した世のはずれ者達。没落貴族、市井の物売女らが鬼よりも悪辣な敵に立ち向かう。（東　えりか）
も-18-14

諸田玲子　波止場浪漫（上下）
稀代の侠客として名を馳せた、清水の次郎長。ご維新以降、旧幕、官軍入り乱れる清水で押しも押されもせぬ名士となった。その養女のけんの人生もまた時代に翻弄される。（植木　豊）
も-18-15

山本一力　あかね空
京から江戸に下った豆腐職人の永吉。己の技量一筋に生きる永吉を支える妻と、彼らを引き継いだ三人の子の有為転変を、親子二代にわたって描いた直木賞受賞の傑作時代小説。（縄田一男）
や-29-2

山本一力　たまゆらに
青菜売りをする朋乃はある朝、仕入れに向かう途中で大金入りの財布を拾い、届け出るが――。若い女性の視線を通して、欲深い人間たち、正直の価値を描く傑作時代小説。（温水ゆかり）
や-29-22

山本一力　朝の霧
長宗我部元親の妹を娶った名将・波川玄蕃。幸せな日々はやがて元親の激しい嫉妬によって、悲劇へと大きく舵を切る。乱世に輝く夫婦の情愛が胸を打つ感涙長編傑作。（東　えりか）
や-29-23

（　）内は解説者。品切の節はご容赦下さい。

山本兼一
火天の城
天に聳える五重の天主を建てよ！　信長の夢は天下一の棟梁父子に託された。安土城築城の裏に秘められた想像を絶する創意工夫。第十一回松本清張賞受賞作。（秋山　駿）
や-38-1

山本兼一
花鳥の夢
安土桃山時代。足利義輝、織田信長、豊臣秀吉と、権力者たちの要望に応え「洛中洛外図」「四季花鳥図」など時代を拓く絵を描いた狩野永徳。芸術家の苦悩と歓喜を描く。（澤田瞳子）
や-38-6

山本兼一
夢をまことに（上下）
近江国友の鉄炮鍛冶の一貫斎は旺盛な好奇心から、江戸に出て、失敗を重ねながらも万年筆や反射望遠鏡を日本で最初に作り上げる。江戸に生きた稀代の発明家の生涯。（田中光敏）
や-38-8

山本周五郎・沢木耕太郎 編
山本周五郎名品館Ⅱ
裏の木戸はあいている
今なお読み継がれる周五郎の作品群から選び抜かれた名品。「ちいさこべ」「法師川八景」「よじょう」「榎物語」「こんち午の日」「橋の下」「若き日の摂津守」等全九編。（沢木耕太郎）
や-69-2

山本周五郎・沢木耕太郎 編
山本周五郎名品館Ⅲ
寒橋（さむさばし）
周五郎短編はこれを読め！　短編傑作選の決定版。「落ち梅記」「人情裏長屋」「なんの花か薫る」「かあちゃん」「あすなろう」「落葉の隣り」「釣忍」等全九編。（沢木耕太郎）
や-69-3

山本周五郎・沢木耕太郎 編
山本周五郎名品館Ⅳ
将監さまの細みち
時代を越え読み継がれるべき周五郎短編傑作選最終巻。「野分」「並木河岸」「墨丸」「夕靄の中」「深川安楽亭」「ひとごろし」「つゆのひぬま」「桑の木物語」等全九編。（沢木耕太郎）
や-69-4

夢枕　獏
陰陽師　酔月ノ巻
我が子を食べようとする母、己れの詩才を恃むあまり虎になった男。都の怪異を鎮めるべく今日も安倍晴明がゆく。四季の花鳥風月の描写が日本人の琴線に触れる大人気シリーズ。
ゆ-2-27

夢枕　獏
陰陽師（おんみょうじ）　蒼猴（そうこう）ノ巻

神々の逢瀬に歯噛みする猿、秋に桜を咲かせる木、蝶に変わる財物——京の不思議がつぎつぎに晴明と博雅をおとなう大人気シリーズは、いよいよ冴え渡る美しさ、面白さ。

ゆ-2-30

夢枕　獏
陰陽師（おんみょうじ）　蛍火（ほたるび）ノ巻

今回は、シリーズを通してサブキャラ人気ナンバーワンで、晴明の好敵手にして、いつも酒をこよなく愛する法師陰陽師・蘆屋道満の人間味溢れる意外な活躍が目立つ、第十四弾。

ゆ-2-33

夢枕　獏
おにのさうし

真済聖人、紀長谷雄、小野篁。高潔な人物たちの美しくも哀しい愛欲の地獄絵。魑魅魍魎が跋扈する平安の都を舞台に鬼と女人と恋する男を描く、「陰陽師」の姉妹篇ともいうべき奇譚集。

ゆ-2-26

吉村　昭
磔（はりつけ）

慶長元年春、ボロをまとった二十数人が長崎で磔にされるため引き立てられていった。歴史に材を得て人間の生を見すえた力作。「三色旗」「コロリ」「動く牙」「洋船建造」収録。（曾根博義）

よ-1-12

吉村　昭
虹の翼

人が空を飛ぶなど夢でしかなかった明治時代——ライト兄弟が世界最初の飛行機を飛ばす何年も前に、独自の構想で航空機を考案した二宮忠八の波乱の生涯を描いた傑作長篇。（和田　宏）

よ-1-50

渡辺仙州
三国志博奕（ばくち）伝

三国時代の呉を舞台に、博奕の力・奕力（イーリー）を持った男と、不思議な呪術で甦った三国志の英雄たちが、超立体ヴァーチャルリアリティの世界で奇想天外なギャンブル対決を繰り広げる。

わ-21-1

山本一力・児玉　清・縄田一男
人生を変えた時代小説傑作選

自他ともに認める時代小説好きの三人が、そのきっかけとなったよりすぐりの傑作を厳選。あなたも時代小説の虜になる！　菊池寛、藤沢周平、五味康祐、山田風太郎らの短篇全六篇。

編-20-1

文春文庫　最新刊